U0165842

日語聽力教室

“聽、說、讀、寫、譯”是學習外語的五項基本技能。其中，以“聽、說”來領導學習的模式被很多外語學習者所採納。因此，一本好的聽力教材對於提高學習者的聽力水準、乃至帶動其他各項技能的提高都具有極其重要的作用。基於此，我們編寫了這套日語聽力教材，共分為「入門篇」和「進階篇」兩冊。本書為「入門篇」部分。

全書由**正文**、**CD原文**和**解答篇**三部分組成。在**正文**部分當中，發音篇對清音、濁音、半濁音、撥音、促音、長音、拗音、外來語特殊音節，採取假名聽寫、單字聽寫、相似音辨析、繞口令等多種題型，幫助學習者在短時間內掌握好正確發音。課文部分根據所選文章的題材分為日常生活類、社會話題類、交際寒暄類、說明解釋類四個部分。每部分由6課組成，每課的基本結構為：*基礎練習*（圍繞本篇文章進行的基礎訓練，包括選擇、正誤判斷、回答問題、單字填寫等），*應用練習*（進行實用能力訓練的練習，包括應答問題、會話問題、問答問題），*正文解釋*（包括譯文、單字和文法解釋等）。**CD原文**為**正文**中全部CD內容的文字資料。**解答篇**清楚地標示了**正文**中所有題型的參考答案。

本書所選的練習題，不僅題量大、題型多，而且內容新穎、廣泛，切合日常生活的實際表達，能有效提高日語學習者的聽力水準。學習外語時，反覆練習是至關重要的，希望學習者透過本書的大量練習，能在“聽”的方面有所提升，編者將感到無限欣慰。

由於時間倉促以及編者能力有限，錯誤和不當之處在所難免，還望廣大讀者和同行不吝指正。

主　編　李燕　胡小春　肖輝
副主編　孟佳

目録

發音篇

日常生活篇

社會話題篇

交際應酬篇

説明解釋篇

發音篇

- 清音（1）
- 清音（2）
- 濁音　半濁音
- 撥音　促音　長音
- 拗音　外來語特殊音節

※本單元日籍老師念的速度較快，作答時建議反覆多聽幾次。

CD 1-1

清音（1）

1.あいうえお

Ⅰ．次の発音を聞いて、仮名を使って書き取ってください。

1．________ ________ ________ ________ ________

2．________ ________ ________ ________ ________

Ⅱ．発音を聞いて、次の単語を書き取ってください。

1．________ 2．________ 3．________ 4．________ 5．________

6．________ 7．________ 8．________ 9．________ 10．________

Ⅲ．次の発音を聞いて、________に単語を書き入れてください。

1．あい ________ 2．いえ ________

3．おい ________ 4．あおい ________

Ⅳ．発音を聞いて、次の文を完成してください。

1．________がさの________さいかにで________

（相合傘の愛妻家に出会う）

2．________は________よりいでて________よりあおし

（青は藍より出でて　藍より青し）

3．________うりの________ ________ ________

（葵瓜　野葵　家葵）

2.かきくけこ

Ⅰ．次の発音を聞いて、仮名を使って書き取ってください。

1．________ ________ ________ ________ ________

2．________ ________ ________ ________ ________

Ⅱ．発音を聞いて、次の単語を書き取ってください。

1．＿＿＿＿ 2．＿＿＿＿ 3．＿＿＿＿ 4．＿＿＿＿ 5．＿＿＿＿

6．＿＿＿＿ 7．＿＿＿＿ 8．＿＿＿＿ 9．＿＿＿＿ 10．＿＿＿＿

Ⅲ．次の発音を聞いて、＿＿＿＿に単語を書き入れてください。

1．あき ＿＿＿＿ 2．いく ＿＿＿＿

3．かいこ ＿＿＿＿ 4．きおく ＿＿＿＿

Ⅳ．発音を聞いて、次の文を完成してください。

1．かえるの＿＿＿＿はかえるだ

（蛙の子は蛙だ）

2．いかにも＿＿＿＿より＿＿＿＿のさかなだ

（いかにも烏賊より以下の魚だ）

3．となりのきゃくはよく＿＿＿＿ ＿＿＿＿きゃくだ

（隣の客はよく柿食う客だ）

3.さしすせそ

Ⅰ．次の発音を聞いて、仮名を使って書き取ってください。

1．＿＿＿＿ ＿＿＿＿ ＿＿＿＿ ＿＿＿＿ ＿＿＿＿

2．＿＿＿＿ ＿＿＿＿ ＿＿＿＿ ＿＿＿＿ ＿＿＿＿

Ⅱ．発音を聞いて、次の単語を書き取ってください。

1．＿＿＿＿ 2．＿＿＿＿ 3．＿＿＿＿ 4．＿＿＿＿ 5．＿＿＿＿

6．＿＿＿＿ 7．＿＿＿＿ 8．＿＿＿＿ 9．＿＿＿＿ 10．＿＿＿＿

Ⅲ．次の発音を聞いて、＿＿＿＿に単語を書き入れてください。

1．あさ ＿＿＿＿ 2．しお ＿＿＿＿

3．いす ＿＿＿＿ 4．あせ ＿＿＿＿

Ⅳ．発音を聞いて、次の文を完成してください。

1．＿＿＿＿しん＿＿＿＿しゃしんさつえいき

（最新式写真撮影機）

2．スミスさんが＿＿＿＿だから、さっそく＿＿＿＿めた
（スミスさんが好きだから、さっそく勧めた）
3．＿＿＿＿しゃのきゃくしょく、やくしゃのやく＿＿＿＿
（作者の脚色、役者の約束）

4.たちつてと

Ⅰ．次の発音を聞いて、仮名を使って書き取ってください。
1．＿＿＿＿　＿＿＿＿　＿＿＿＿　＿＿＿＿　＿＿＿＿
2．＿＿＿＿　＿＿＿＿　＿＿＿＿　＿＿＿＿　＿＿＿＿

Ⅱ．発音を聞いて、次の単語を書き取ってください。
1．＿＿＿＿　2．＿＿＿＿　3．＿＿＿＿　4．＿＿＿＿　5．＿＿＿＿
6．＿＿＿＿　7．＿＿＿＿　8．＿＿＿＿　9．＿＿＿＿　10．＿＿＿＿

Ⅲ．次の発音を聞いて、＿＿＿＿に単語を書き入れてください。
1．うた　＿＿＿＿＿＿　2．あつい　＿＿＿＿＿＿
3．いと　＿＿＿＿＿＿　4．てき　＿＿＿＿＿＿

Ⅳ．発音を聞いて、次の文を完成してください。
1．きむたく＿＿＿＿じしょのえん＿＿＿＿でせんたく
（キムタク託児所の円卓で洗濯）
2．＿＿＿＿べつにどく＿＿＿＿のべんきょうをしたとおもう
（特別に独特の勉強をしたと思う）
3．わたしは＿＿＿＿どきとうきょうにいって、こいびととしょくじをすることがある
（私は時々東京に行って、恋人と食事をすることがある）

5.なにぬねの

Ⅰ．次の発音を聞いて、仮名を使って書き取ってください。

1．＿＿＿＿　＿＿＿＿　＿＿＿＿　＿＿＿＿　＿＿＿＿

2．＿＿＿＿　＿＿＿＿　＿＿＿＿　＿＿＿＿　＿＿＿＿

Ⅱ．発音を聞いて、次の単語を書き取ってください。

1．＿＿＿＿　2．＿＿＿＿　3．＿＿＿＿　4．＿＿＿＿　5．＿＿＿＿

6．＿＿＿＿　7．＿＿＿＿　8．＿＿＿＿　9．＿＿＿＿　10．＿＿＿＿

Ⅲ．次の発音を聞いて、＿＿＿＿に単語を書き入れてください。

1．いなか　＿＿＿＿　2．きぬ　＿＿＿＿

3．あね　＿＿＿＿　4．なく　＿＿＿＿

Ⅳ．発音を聞いて、次の文を完成してください。

1．＿＿＿＿こはなぜ＿＿＿＿めになってなくの

（奈々子はなぜか斜めになって泣くの）

2．＿＿＿＿いたのねずみをねらって＿＿＿＿のこのこ＿＿＿＿

（猫板の鼠を狙って猫の子の子猫）

3．＿＿＿＿なかないからすがないた。＿＿＿＿のはからすのかってでしょ

（なかなか鳴かないからすが鳴いた。鳴くのはからすの勝手でしょ）

CD 1-2

清音（2）

6.はひふへほ

Ⅰ．次の発音を聞いて、仮名を使って書き取ってください。

1．＿＿＿＿　＿＿＿＿　＿＿＿＿　＿＿＿＿　＿＿＿＿

2．＿＿＿＿　＿＿＿＿　＿＿＿＿　＿＿＿＿　＿＿＿＿

Ⅱ．発音を聞いて、次の単語を書き取ってください。

1．＿＿＿＿　2．＿＿＿＿　3．＿＿＿＿　4．＿＿＿＿　5．＿＿＿＿

6．＿＿＿＿　7．＿＿＿＿　8．＿＿＿＿　9．＿＿＿＿　10．＿＿＿＿

Ⅲ．次の発音を聞いて、＿＿＿＿に単語を書き入れてください。

1．はし　＿＿＿＿　2．ふえ　＿＿＿＿

3．えだ　＿＿＿＿　4．はは　＿＿＿＿

Ⅳ．発音を聞いて、次の文を完成してください。

1．バスガスばく＿＿＿＿

（ばすがすばくはつ）

2．＿＿＿＿は＿＿＿＿の＿＿＿＿より＿＿＿＿はは

（母は母の母より浅はかな母）

3．ほおにうかべるわらいは＿＿＿＿えみ

（頬に浮かべる笑いは微笑み）

7.まみむめも

Ⅰ．次の発音を聞いて、仮名を使って書き取ってください。

1．＿＿＿＿　＿＿＿＿　＿＿＿＿　＿＿＿＿　＿＿＿＿

2．＿＿＿＿　＿＿＿＿　＿＿＿＿　＿＿＿＿　＿＿＿＿

Ⅱ．発音を聞いて、次の単語を書き取ってください。

1．______ 2．______ 3．______ 4．______ 5．______
6．______ 7．______ 8．______ 9．______ 10．______

Ⅲ．次の発音を聞いて、______に単語を書き入れてください。

1．おまえ ______ 2．むし ______
3．だめ ______ 4．もし ______

Ⅳ．発音を聞いて、次の文を完成してください。

1．______るものがいて、お______えも______ならない
（見守るものがいて、お目見えもままならない）
2．すもも______も______のうち、______にもいろいろある
（スモモも桃も桃のうち、桃にも色々ある）
3．それはうまの______にねんぶつだと______はおもっている
（それは馬の耳に念仏だと桃子は思っている）

8.やゐゆゑよ

Ⅰ．次の発音を聞いて、仮名を使って書き取ってください。

1．______ ______ ______ ______ ______
2．______ ______ ______ ______ ______

Ⅱ．発音を聞いて、次の単語を書き取ってください。

1．______ 2．______ 3．______ 4．______ 5．______
6．______ 7．______ 8．______ 9．______ 10．______

Ⅲ．次の発音を聞いて、______に単語を書き入れてください。

1．やさい ______ 2．かう ______
3．いえ ______ 4．のむ ______

Ⅳ．発音を聞いて、次の文を完成してください。

1．お______やははおやにお______まり
（お綾や母親にお謝り）

2．あいのある＿＿＿＿はあまくあかるく＿＿＿＿
（愛のある挨拶は甘く明るく暖かい）

3．ややややせた＿＿＿＿さんの＿＿＿＿さんとやすい＿＿＿＿さんの＿＿＿＿さん
（やや痩せた八百屋さんの弥生さんと安い宿屋さんの安江さん）

9.らりるれろ

Ⅰ．次の発音を聞いて、仮名を使って書き取ってください。

1．＿＿＿＿　＿＿＿＿　＿＿＿＿　＿＿＿＿　＿＿＿＿

2．＿＿＿＿　＿＿＿＿　＿＿＿＿　＿＿＿＿　＿＿＿＿

Ⅱ．発音を聞いて、次の単語を書き取ってください。

1．＿＿＿＿　2．＿＿＿＿　3．＿＿＿＿　4．＿＿＿＿　5．＿＿＿＿

6．＿＿＿＿　7．＿＿＿＿　8．＿＿＿＿　9．＿＿＿＿　10．＿＿＿＿

Ⅲ．次の発音を聞いて、＿＿＿＿に単語を書き入れてください。

1．からい　＿＿＿＿　2．れきし　＿＿＿＿

3．する　＿＿＿＿　4．ろく　＿＿＿＿

Ⅳ．発音を聞いて、次の文を完成してください。

1．かれは＿＿＿＿をしっていて、れいぎただしく＿＿＿＿をした
（彼はルールを知っていて、礼儀正しく礼をした）

2．＿＿＿＿のわるいりょうこさんはまいにちへやで＿＿＿＿している
（体の悪い良子さんは毎日部屋でごろごろしている）

3．りゅうさんは＿＿＿＿していたので、みんなにわらわれたが、さらに＿＿＿＿ようになった
（劉さんはいらいらしていたので、皆に笑われたが、更にいらいらしているようになった）

10.わいうえを

Ⅰ．次の発音を聞いて、仮名を使って書き取ってください。

1．＿＿＿＿ ＿＿＿＿ ＿＿＿＿ ＿＿＿＿ ＿＿＿＿

2．＿＿＿＿ ＿＿＿＿ ＿＿＿＿ ＿＿＿＿ ＿＿＿＿

Ⅱ．発音を聞いて、次の単語を書き取ってください。

1．＿＿＿＿ 2．＿＿＿＿ 3．＿＿＿＿ 4．＿＿＿＿ 5．＿＿＿＿

6．＿＿＿＿ 7．＿＿＿＿ 8．＿＿＿＿ 9．＿＿＿＿ 10．＿＿＿＿

Ⅲ．次の発音を聞いて、＿＿＿＿に単語を書き入れてください。

1．わかい ＿＿＿＿ 2．あい ＿＿＿＿

3．こう ＿＿＿＿ 4．かう ＿＿＿＿

Ⅳ．発音を聞いて、次の文を完成してください。

1．＿＿＿＿ましたか。いいえ、＿＿＿＿ません

（分かりましたか。いいえ、分かりません）

2．＿＿＿＿には＿＿＿＿が＿＿＿＿いる

（庭には鶏が二羽いる）

3．＿＿＿＿には＿＿＿＿が＿＿＿＿いる

（裏庭には鶏が二羽いる）

CD 1-3

濁音　半濁音

11.がぎぐげご

Ⅰ．次の発音を聞いて、仮名を使って書き取ってください。

1．＿＿＿＿　＿＿＿＿　＿＿＿＿　＿＿＿＿　＿＿＿＿

2．＿＿＿＿　＿＿＿＿　＿＿＿＿　＿＿＿＿　＿＿＿＿

Ⅱ．発音を聞いて、次の単語を書き取ってください。

1．＿＿＿＿　2．＿＿＿＿　3．＿＿＿＿　4．＿＿＿＿　5．＿＿＿＿

6．＿＿＿＿　7．＿＿＿＿　8．＿＿＿＿　9．＿＿＿＿　10．＿＿＿＿

Ⅲ．次の発音を聞いて、＿＿＿＿に単語を書き入れてください。

1．ぎかい　＿＿＿＿　2．かいこく　＿＿＿＿

3．かぐ　＿＿＿＿　4．けが　＿＿＿＿

Ⅳ．発音を聞いて、次の文を完成してください。

1．＿＿＿＿　＿＿＿＿　こたまごおおたまご

（大卵小卵　小卵大卵）

2．なま＿＿＿＿なま＿＿＿＿なま＿＿＿＿

（生麦生米生卵）

3．＿＿＿＿のとなりがガラスの＿＿＿＿

（額の隣がガラスの鏡）

12.ざじずぜぞ

Ⅰ．次の発音を聞いて、仮名を使って書き取ってください。

1．＿＿＿＿　＿＿＿＿　＿＿＿＿　＿＿＿＿　＿＿＿＿

2．＿＿＿＿　＿＿＿＿　＿＿＿＿　＿＿＿＿　＿＿＿＿

Ⅱ．発音を聞いて、次の単語を書き取ってください。

1．＿＿＿＿　2．＿＿＿＿　3．＿＿＿＿　4．＿＿＿＿　5．＿＿＿＿

6．＿＿＿＿　7．＿＿＿＿　8．＿＿＿＿　9．＿＿＿＿　10．＿＿＿＿

Ⅲ．次の発音を聞いて、＿＿＿＿に単語を書き入れてください。

1．あさ　＿＿＿＿　2．しかく　＿＿＿＿

3．かす　＿＿＿＿　4．あせ　＿＿＿＿

Ⅳ．発音を聞いて、次の文を完成してください。

1．＿＿＿＿　＿＿＿＿びっくり

（謎々びっくり）

2．＿＿＿＿に＿＿＿＿つくえにおさけ

（冷蔵庫に羊肉　机にお酒）

3．＿＿＿＿のすうがくは＿＿＿＿　＿＿＿＿になった

（お嬢さんの数学は随分上手になった）

13.だぢづでど

Ⅰ．次の発音を聞いて、仮名を使って書き取ってください。

1．＿＿＿＿　＿＿＿＿　＿＿＿＿　＿＿＿＿　＿＿＿＿

2．＿＿＿＿　＿＿＿＿　＿＿＿＿　＿＿＿＿　＿＿＿＿

Ⅱ．発音を聞いて、次の単語を書き取ってください。

1．＿＿＿＿　2．＿＿＿＿　3．＿＿＿＿　4．＿＿＿＿　5．＿＿＿＿

6．＿＿＿＿　7．＿＿＿＿　8．＿＿＿＿　9．＿＿＿＿　10．＿＿＿＿

Ⅲ．次の発音を聞いて、＿＿＿＿に単語を書き入れてください。

1．たいがく　＿＿＿＿　2．つつく　＿＿＿＿

3．いと　＿＿＿＿　4．てばな　＿＿＿＿

Ⅳ．発音を聞いて、次の文を完成してください。

1．はなより＿＿＿＿

（花より団子）

2．________くいはうたれる
（出る杭は打たれる）

3．________にじてんしゃ　せんろに________
（道路に自転車　線路に電車）

14.ばびぶべぼ

Ⅰ．次の発音を聞いて、仮名を使って書き取ってください。

1．________　________　________　________　________
2．________　________　________　________　________

Ⅱ．発音を聞いて、次の単語を書き取ってください。

1．________　2．________　3．________　4．________　5．________
6．________　7．________　8．________　9．________　10．________

Ⅲ．次の発音を聞いて、________に単語を書き入れてください。

1．はす　________　2．ひふ　________
3．ふし　________　4．ほし　________

Ⅳ．発音を聞いて、次の文を完成してください。

1．________とびょういん________とびようしつ
（美容院と病院　病室と美容室）

2．いえの________の________へ________をたべにいきませんか
（家の側の蕎麦屋へ蕎麦を食べに行きませんか）

3．________が________にじょうずにぼうずのえをかいた
（坊主が屏風に上手に坊主の絵をかいた）

15.ぱぴぷぺぽ

Ⅰ. 次の発音を聞いて、仮名を使って書き取ってください。

1. ________ ________ ________ ________ ________

2. ________ ________ ________ ________ ________

Ⅱ. 発音を聞いて、次の単語を書き取ってください。

1. ________ 2. ________ 3. ________ 4. ________ 5. ________

6. ________ 7. ________ 8. ________ 9. ________ 10. ________

Ⅲ. 次の発音を聞いて、________に単語を書き入れてください。

1. バス ________ 2. ぼし ________

3. ベア ________ 4. ふろ ________

Ⅳ. 発音を聞いて、次の文を完成してください。

1. ひゃくせんひゃくしょう________ひゃくちゅう
（百戦百勝　百発百中）

2. パカパカ________
（ぱかぱか　かっぱ）

3. あか________あお________き________ちゃ________
（赤ぱじゃま青ぱじゃま黄ぱじゃま茶ぱじゃま）

CD 1-4

撥音　促音　長音

16.撥音

I．次の発音を聞いて、仮名を使って書き取ってください。

1．＿＿＿＿　＿＿＿＿　＿＿＿＿　＿＿＿＿　＿＿＿＿　＿＿＿＿

2．＿＿＿＿　＿＿＿＿　＿＿＿＿　＿＿＿＿　＿＿＿＿　＿＿＿＿　＿＿＿＿　＿＿＿＿

3．＿＿＿＿　＿＿＿＿　＿＿＿＿　＿＿＿＿

4．＿＿＿＿　＿＿＿＿　＿＿＿＿　＿＿＿＿　＿＿＿＿　＿＿＿＿

II．発音を聞いて、次の単語を書き取ってください。

1．＿＿＿＿　2．＿＿＿＿　3．＿＿＿＿　4．＿＿＿＿　5．＿＿＿＿

6．＿＿＿＿　7．＿＿＿＿　8．＿＿＿＿　9．＿＿＿＿　10．＿＿＿＿

11．＿＿＿＿　12．＿＿＿＿　13．＿＿＿＿　14．＿＿＿＿　15．＿＿＿＿

16．＿＿＿＿　17．＿＿＿＿　18．＿＿＿＿　19．＿＿＿＿　20．＿＿＿＿

III．発音を聞いて、次の文を書いてください。

1．＿＿＿＿＿＿＿＿＿＿＿＿＿＿＿＿

2．＿＿＿＿＿＿＿＿＿＿＿＿＿＿＿＿

3．＿＿＿＿＿＿＿＿＿＿＿＿＿＿＿＿

4．＿＿＿＿＿＿＿＿＿＿＿＿＿＿＿＿

IV．発音を聞いて、次の文を完成してください。

1．＿＿＿＿　＿＿＿＿しさつ

（新設　診察室　視察）

2．＿＿＿＿のひと＿＿＿＿のひの＿＿＿＿

（春分の日と秋分の日の新聞）

3．＿＿＿＿とんだ　とっとと　とんだ＿＿＿＿ちゃっと　たて

（飛んだ　飛んだ　とっとと　飛んだ　堂々飛んで　ちゃっと　立て）

Ⅰ．次の発音を聞いて、仮名を使って書き取ってください。

1．＿＿＿＿＿　＿＿＿＿＿　＿＿＿＿＿　＿＿＿＿＿　＿＿＿＿＿　＿＿＿＿＿
2．＿＿＿＿＿　＿＿＿＿＿　＿＿＿＿＿　＿＿＿＿＿　＿＿＿＿＿　＿＿＿＿＿
3．＿＿＿＿＿　＿＿＿＿＿　＿＿＿＿＿　＿＿＿＿＿　＿＿＿＿＿　＿＿＿＿＿
4．＿＿＿＿＿　＿＿＿＿＿　＿＿＿＿＿　＿＿＿＿＿　＿＿＿＿＿　＿＿＿＿＿

Ⅱ．発音を聞いて、次の単語を書き取ってください。

1．＿＿＿＿＿　2．＿＿＿＿＿　3．＿＿＿＿＿　4．＿＿＿＿＿　5．＿＿＿＿＿
6．＿＿＿＿＿　7．＿＿＿＿＿　8．＿＿＿＿＿　9．＿＿＿＿＿　10．＿＿＿＿＿
11．＿＿＿＿＿　12．＿＿＿＿＿　13．＿＿＿＿＿　14．＿＿＿＿＿　15．＿＿＿＿＿
16．＿＿＿＿＿　17．＿＿＿＿＿　18．＿＿＿＿＿　19．＿＿＿＿＿　20．＿＿＿＿＿

Ⅲ．次の発音を聞いて、＿＿＿＿に単語を書き入れてください。

1．かこ　＿＿＿＿＿　2．せかい　＿＿＿＿＿
3．じけん　＿＿＿＿＿　4．おと　＿＿＿＿＿
5．そち　＿＿＿＿＿　6．もと　＿＿＿＿＿
7．さか　＿＿＿＿＿　8．かき　＿＿＿＿＿
9．げこ　＿＿＿＿＿　10．たち　＿＿＿＿＿

Ⅳ．発音を聞いて、次の文を完成してください。

1．＿＿＿＿　＿＿＿＿
（五十歩百歩）

2．＿＿＿＿になって＿＿＿＿＿が＿＿＿＿　＿＿＿＿＿した
（必死になって　頑張ったが　結局失敗した）

3．＿＿＿＿？わからない？
＿＿＿＿わかったと
＿＿＿＿わからなかったと
＿＿＿＿わかったか　わからなかったか
分からないじゃないの
わかった？

（分かった？分からない？
分かったら　分かったと
分からなかったら　分からなかったと
言わなかったら
分かったか　分からなかったか
分からないじゃないの
分かった？）

18.長音

I．次の発音を聞いて、仮名を使って書き取ってください。

1．＿＿＿＿＿＿　2．＿＿＿＿＿＿　3．＿＿＿＿＿＿
4．＿＿＿＿＿＿　5．＿＿＿＿＿＿

II．発音を聞いて、次の単語を書き取ってください。

1．＿＿＿＿　2．＿＿＿＿　3．＿＿＿＿　4．＿＿＿＿　5．＿＿＿＿
6．＿＿＿＿　7．＿＿＿＿　8．＿＿＿＿　9．＿＿＿＿　10．＿＿＿＿
11．＿＿＿＿　12．＿＿＿＿　13．＿＿＿＿　14．＿＿＿＿　15．＿＿＿＿
16．＿＿＿＿　17．＿＿＿＿　18．＿＿＿＿　19．＿＿＿＿　20．＿＿＿＿

III．次の発音を聞いて、＿＿＿＿に単語を書き入れてください。

1．おい　＿＿＿＿＿＿　2．おしい　＿＿＿＿＿＿
3．ゆき　＿＿＿＿＿＿　4．きぼ　＿＿＿＿＿＿
5．ビル　＿＿＿＿＿＿　6．こえ　＿＿＿＿＿＿
7．とけ　＿＿＿＿＿＿　8．くき　＿＿＿＿＿＿
9．よじ　＿＿＿＿＿＿　10．おじさん　＿＿＿＿＿＿

IV．発音を聞いて、次の文を完成してください。

1．むかしむかし、＿＿＿＿、あるところに＿＿＿＿と＿＿＿＿がありました。＿＿＿＿はやまへしばかりに、＿＿＿＿はかわへせんたくにいきました。あるひ、＿＿＿＿がかわでせんたくをしていると、＿＿＿＿ももがどんぶりこどんぶりことながれてきました。

（昔々、大昔、ある所にお爺さんとお婆さんがありました。お爺さんは山へ芝刈りに、お婆さんは川へ洗濯に行きました。ある日、お婆さんが川で洗濯をしていると、大きな桃がどんぶりこどんぶりこと流れてきました。）

拗音　外來語特殊音節

CD 1-5

Ⅰ．次の発音を聞いて、仮名を使って書き取ってください。

1．＿＿＿＿　＿＿＿＿　＿＿＿＿　2．＿＿＿＿　＿＿＿＿　＿＿＿＿

3．＿＿＿＿　＿＿＿＿　＿＿＿＿　4．＿＿＿＿　＿＿＿＿　＿＿＿＿

5．＿＿＿＿　＿＿＿＿　＿＿＿＿　6．＿＿＿＿　＿＿＿＿　＿＿＿＿

Ⅱ．発音を聞いて、次の単語を書き取ってください。

1．＿＿＿＿　2．＿＿＿＿　3．＿＿＿＿　4．＿＿＿＿　5．＿＿＿＿

6．＿＿＿＿　7．＿＿＿＿　8．＿＿＿＿　9．＿＿＿＿　10．＿＿＿＿

11．＿＿＿＿　12．＿＿＿＿　13．＿＿＿＿　14．＿＿＿＿　15．＿＿＿＿

16．＿＿＿＿　17．＿＿＿＿　18．＿＿＿＿　19．＿＿＿＿　20．＿＿＿＿

Ⅲ．次の発音を聞いて、＿＿＿＿に単語を書き入れてください。

1．きよう　＿＿＿＿　2．りようし　＿＿＿＿

3．ゆうそう　＿＿＿＿　4．じゆう　＿＿＿＿

5．サイン　＿＿＿＿　6．そうじ　＿＿＿＿

7．ほうしょう　＿＿＿＿　8．いりょう　＿＿＿＿

9．おもちや　＿＿＿＿　10．こうよう　＿＿＿＿

Ⅳ．発音を聞いて、次の文を完成してください。

1．＿＿＿＿　＿＿＿＿はシュウマイが＿＿＿＿

（毎週週末はシュウマイが習慣）

2．おとこは＿＿＿＿おんなは＿＿＿＿ぼうずは＿＿＿＿

（男は度胸　女は愛嬌　坊主はお経）

3．＿＿＿＿のきゃくしつの＿＿＿＿はせんきゃくよりも＿＿＿＿

（客船の客室の乗客は先客よりも珍客）

筆記欄

日常生活篇

CD 2-1

1. スミスさんのアパート

Ⅰ．CDを聞いて、正しいものを一つ選んで「○」をつけなさい。

1．（A．本屋　B．スーパー）はスミスさんのアパートから近いです。

2．スミスさんは（A．英語学校　B．日本語学校）の学生です。

3．スミスさんはよく（A．コンビニ　B．スーパー）でお弁当を買います。

Ⅱ．テープの内容と同じものには「○」、違うものには「×」をつけなさい。

1．スミスさんのアパートは町の中にありますから、便利です。

2．スミスさんは毎日ひまではありません。

3．スミスさんのアパートは古くて広いです。

Ⅲ．次の質問に答えなさい。

1．アパートの前になにがありますか。

2．スミスさんは午後5時から何をしますか。

3．先週の金曜日、スミスさんは何をしましたか。

Ⅳ．CDを聞いて、次の下線の中に適当な言葉を書きなさい。

スミスさんのアパートは＿＿＿＿なまちのなかにあります。アパートのまえに＿＿＿＿と＿＿＿＿があります。となりは＿＿＿＿です。ちかくに＿＿＿＿や＿＿＿＿や＿＿＿＿があります。

スミスさんはにほんごがっこうの＿＿＿＿ですが、ごごごじからえいごがっこうで＿＿＿＿にえいごを＿＿＿＿ます。まいにち＿＿＿＿です。でもにほんごがっこうもえいごがっこうもスミスさんのアパートに＿＿＿＿ですから、＿＿＿＿です。よくコンビニでお＿＿＿＿をかいます。

せんしゅうのきんようび＿＿＿＿とレストランで＿＿＿＿をたべてから、＿＿＿＿をみました。＿＿＿＿うちへかえったのです。

レストランもえいがかんもアパートの近くです。＿＿＿＿はふるくて＿＿＿＿ですが、スミスさんはこのアパートが＿＿＿＿です。

應用練習

テスト1

一、応答問題

CDの内容をよく聞いてください。A、B、Cの中から一番適当な答えを選んで、○をつけてください。

1　A　B　C

2　A　B　C

3　A　B　C

4　A　B　C

5　A　B　C

二、会話問題

次の会話をよく聞いてください。会話の後は質問がありますが、質問に一番いい答えをA、B、C、Dの中から選んで、○をつけてください。

会話1　問1　A　B　C　D

　　　　問2　A　B　C　D

会話2　問1　A　B　C　D

　　　　問2　A　B　C　D

三、問答問題

次の質問をよく聞いてください。後の会話の中から答えを見つけて、A、B、C、Dの中から一番いいのを選んで、○をつけてください。

A　B　C　D

譯　文

史密斯的公寓

史密斯的公寓位於鬧市的中心，公寓前面有書店和郵局，旁邊是便利商店，附近有超市、餐廳和電影院。

史密斯是日語學校的學生，從下午5點開始在英語學校教日本人英語，他每天都很忙。不過日語學校和英語學校離史密斯的公寓都很近，所以很方便。他經常去便利商店買便當。

上星期五史密斯和朋友在餐廳吃完完飯以後，一起去看了電影，然後走回家。

餐廳和電影院離公寓都很近。公寓的房間雖然又舊又窄，不過史密斯很喜歡這間公寓。

單　字

アパート②		(名)	公寓
にぎやか②	[賑やか]	(形動)	熱鬧；繁華
まち②	[町・街]	(名)	城鎮；街道
なか①	[中]	(名)	裡面
まえ①	[前]	(名)	前面
ほんや①	[本屋]	(名)	書店
ゆうびんきょく③	[郵便局]	(名)	郵局
となり⓪	[隣]	(名)	旁邊
コンビニ⓪		(名)	便利商店
ちかく②①	[近く]	(名)	附近
スーパー①		(名)	超市
レストラン①		(名)	餐廳
えいがかん③	[映画館]	(名)	電影院
にほんご⓪	[日本語]	(名)	日語

がっこう⓪	[学校]	（名）	學校
がくせい⓪	[学生]	（名）	學生
ごご①	[午後]	（名）	下午
えいご⓪	[英語]	（名）	英語
にほんじん④	[日本人]	（名）	日本人
おしえる⓪	[教える]	（他一）	教；告訴
まいにち①	[毎日]	（名）	每天
いそがしい④	[忙しい]	（形）	忙
でも①		（接續）	可是，不過
ちかい②	[近い]	（形）	近
べんり①	[便利]	（形動）	方便
よく①		（副）	經常
べんとう③	[弁当]	（名）	便當
かう⓪	[買う]	（他五）	買
ともだち⓪	[友達]	（名）	朋友
たべる②	[食べる]	（他一）	吃
みる①	[見る]	（他一）	看
あるく②	[歩く]	（自五）	走，步行
かえる①	[帰る]	（自五）	回來；回去
へや②	[部屋]	（名）	房間，屋子
ふるい②	[古い]	（名）	老；舊
せまい②	[狭い]	（形）	窄
すき②	[好き]	（形動）	喜歡

文法

1．**～は～にある**：表示“（什麼東西）在（某處）”。“は”提示存在的東西，“に”表示存在的場所。

（1）ノートは机の上にあります。

筆記本在桌上。

（2）本は机の上にありません。本棚にあります。

書不在桌上，在書櫥裡。

（3）「東京ディズニーランドはどこにありますか。」「千葉県にあります。」

“東京迪斯尼樂園在哪裡？”“在千葉縣。”

2．**～に～が／もある**：表示“（某處）有／也有（什麼東西）”之意。“に”是格助詞，表示事物存在

的地點，“が”是格助詞，表示存在的主體（當表示“也有……”時，可以用“も”表示存在的主體）。“あります”表示“有”，特指無生命物體的存在。

（1）部屋に机やいすなどがあります。

房間裡有桌子和椅子等。

（2）「机の前になにがありますか。」「机の前にいすがあります。」

“桌子前面有什麼東西？”“桌子前面有椅子。”

（3）「テーブルの上になにがありますか。」「テーブルの上に酒があります。マッチもあります。」

“飯桌上有什麼？”“飯桌上有酒，還有火柴。”

3．～が、～：接續助詞，表示逆接，一般只用於敘述一件事情，不能接續與主觀意志有關的說法。

（1）あのレストランは高いですが、まずいです。

那家西餐館價格貴卻不好吃。

（2）公園は、昼はにぎやかですが、夜は静かです。

公園白天很熱鬧，但晚上很安靜。

（3）あの人はよく本を買いますが、あまり読みません。

他經常買書，可是不怎麼看。

筆記欄

CD 2-2

2. わたしの家族

基礎練習

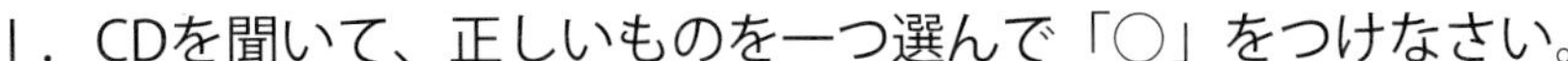

Ⅰ．CDを聞いて、正しいものを一つ選んで「○」をつけなさい。

1．リノさんは今（A. 東京　B. インドネシア）の大学で経済を勉強しています。

2．リノさんの家族は（A. 料理　B. ボウリング）が好きです。

3．リノさんは夏休みには（A. 東京　B. インドネシア）へ帰ります。

Ⅱ．CDの内容と同じものには「○」、違うものには「×」をつけなさい。

1．お父さんは日本の石油会社で働いています。

2．お兄さんは独身です。

3．リノさんは今家族と一緒に住んでいません。

Ⅲ．次の質問に答えなさい。

1．リノさんの家族はどこに住んでいますか。

2．お母さんの趣味はなんですか。

3．妹さんの趣味はなんですか。

Ⅳ．CDを聞いて、次の下線の中に適当な言葉を書きなさい。

わたしの＿＿＿＿はリノです。＿＿＿＿のりゅうがくせいです。いまとうきょうのだいがくで＿＿＿＿を＿＿＿＿しています。かぞくはインドネシアの＿＿＿＿にすんでいます。

ちちは＿＿＿＿で＿＿＿＿います。いろいろなくににせきゆを＿＿＿＿います。にほんにもせきゆをうっていますから、ちちはよくにほんへきます。ははは＿＿＿＿です。＿＿＿＿と＿＿＿＿がすきで、がいこくじんにインドネシアりょうりをおしえています。

あには＿＿＿＿しています。あにのおくさんはとても＿＿＿＿で、ふたりはだいがくのともだちでした。いもうとはまだ＿＿＿＿で、にほんの＿＿＿＿や＿＿＿＿がだいすきです。いもうとの＿＿＿＿にわたしはいつもにほんの＿＿＿＿やまんがのほんを＿＿＿＿います。

わたしのかぞくは＿＿＿＿がすきです。あにがいちばん＿＿＿＿です。いまわたしはひとりでとうきょうにすんでいますから、すこし＿＿＿＿です。なつやすみにはかぞくに＿＿＿＿にくにへかえります。

テスト2

一、応答問題

CDの内容をよく聞いてください。A、B、Cの中から一番適当な答えを選んで、○をつけてください。

1　A　B　C
2　A　B　C
3　A　B　C
4　A　B　C
5　A　B　C

二、会話問題

次の会話をよく聞いてください。会話の後は質問がありますが、質問に一番いい答えをA、B、C、Dの中から選んで、○をつけてください。

会話1　問1　A　B　C　D
　　　　問2　A　B　C　D
会話2　問1　A　B　C　D
　　　　問2　A　B　C　D

三、問答問題

次の質問をよく聞いてください。後の会話の中から答えを見つけて、A、B、C、Dの中から一番いいのを選んで、○をつけてください。

A　B　C　D

譯 文

我的家人

我的名字叫妮諾，是來自印尼的留學生，現在在東京的大學學習經濟。我的家人住在印尼的雅加達。

我爸爸在石油公司上班，他們的公司銷售石油到各個國家。由於他們的石油也銷往日本，所以父親經常來日本。我媽媽是家庭主婦，她喜歡運動和烹飪，現在她在教外國人印尼菜的做法。

我哥哥已經結婚了，嫂子很漂亮，他們倆在大學就是朋友。我妹妹還是國中生，她特別喜歡日本的動畫和漫畫。所以妹妹過生日的時候，我總是寄給她日本的動漫錄影帶和漫畫書。

我的家人都很喜歡打保齡球，我哥哥打得最好。我現在一個人住在東京，感到有點寂寞。這個暑假打算回國見見家人。

單 字

なまえ⓪	[名前]	（名）	名字
インドネシア			印尼
りゅうがくせい③④	[留学生]	（名）	留學生
いま①	[今]	（名）	現在
だいがく⓪	[大学]	（名）	大學
けいざい①	[経済]	（名）	經濟
べんきょう⓪	[勉強]	（名）	學習
ジャカルタ			雅加達
すむ①	[住む]	（自五）	住
せきゆ⓪	[石油]	（名）	石油
かいしゃ⓪	[会社]	（名）	公司
はたらく⓪	[働く]	（自五）	工作
いろいろ⓪		（名・副）	各式各樣

くに⓪	[国]	（名）	國家
うる⓪	[売る]	（他五）	賣
くる①	[来る]	（自カ）	來
しゅふ①	[主婦]	（名）	主婦
スポーツ②		（名）	運動
りょうり①	[料理]	（名・他サ）	料理，烹調
がいこくじん④	[外国人]	（名）	外國人
けっこん⓪	[結婚]	（名・自サ）	結婚
おくさん①	[奥さん]	（名）	夫人，太太
とても⓪		（副）	非常
きれい①		（形動）	漂亮
まだ①		（副）	還有
ちゅうがくせい③④	[中学生]	（名）	國中生
アニメ①⓪		（名）	動畫
まんが⓪	[漫画]	（名）	漫畫
だいすき①	[大好き]	（形動）	非常喜歡
たんじょうび③	[誕生日]	（名）	生日
いつも①		（副）	總是
ビデオ①		（名）	錄影帶
おくる⓪	[送る]	（他五）	送；寄
ボウリング⓪		（名）	保齡球
いちばん②	[一番]	（名・副）	最初；第一；最
じょうず③	[上手]	（形動）	很好，很棒
すこし②	[少し]	（副）	有點
さびしい③	[寂しい]	（形）	寂寞
なつやすみ③	[夏休み]	（名）	暑假
あう①	[会う]	（自五）	見面

文法

1．～ている：表示動作的進行、狀態的持續。

（1）5年前から、日本語を勉強しています。
　　從5年前開始，我就一直在學日語。

（2）今、父からの手紙を読んでいます。
　　現在正在看父親的來信。

（3）今5時だから、銀行はもう閉まっています。

現在已經5點了，所以銀行已經關門了。

2．～から、～：接續助詞“から”接在用言、助動詞終止形後面表示原因、理由。用“から”連接起來的句子，前項表示原因、理由，後項表示結果、結論。後半句大多使用說話人的意志、命令、推量、禁止、勸誘、請求等表現。“（因為）……所以……”之意。

（1）うるさいから、静かにしなさい。

太吵了，請安靜。

（2）納豆はきらいだから、食べたくないんです。

討厭納豆，所以不想吃。

（3）バスがなかなか来ないから、タクシーに乗りましょう。

公車老是不來，坐計程車吧。

3．～が（得意／苦手／好き）だ：“擅長／不擅長／喜歡……”之意，“が”前接該對象。

（1）彼女は外国語が得意です。

她外語很拿手。

（2）私は数学が苦手です。

我最怕數學。

（3）ぼくは登山が好きです。

我喜歡爬山。

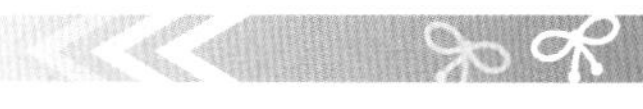

筆記欄

CD 2-3

3. わたしの趣味

基礎練習

Ⅰ．CDを聞いて、正しいものを一つ選んで「○」をつけなさい。

1．この人は（A. 人や花　B. 山）の絵をかくのが大好きです。

2．この人は、自分でかいた絵を（A. じょうず　B. じょうずでない）と思っています。

3．この人にとって、絵をかくのは（A. 楽しい　B. たいへん）です。

Ⅱ．CDの内容と同じものには「○」、違うものには「×」をつけなさい。

1．この人の趣味は絵画と登山です。

2．山の中は静かなので、あまり人が来ません。

3．この人は週末にはよく美術館へ絵を見に行きます。

Ⅲ．次の質問に答えなさい。

1．この人はどうしてひとりで山へ行きますか。

2．この人は毎晩寝る前に何をしますか。

3．この人の夢はなんですか。

Ⅳ．CDを聞いて、次の下線の中に適当な言葉を書きなさい。

わたしのしゅみはえを＿＿＿＿こととやまを＿＿＿＿ことです。＿＿＿＿や＿＿＿＿のえもかきますが、やまのえをかくのが＿＿＿＿すきです。＿＿＿＿のひ、わたしはよくえをかきに＿＿＿＿でやまへいきます。

ごがつの＿＿＿＿、はちがつのみどり、＿＿＿＿のあきのやま、そして＿＿＿＿ふゆのやま。やまはいつも＿＿＿＿ます。いろえんぴつで＿＿＿＿にかきます。やまのなかは＿＿＿＿ですが、ときどきひとがきます。そしてわたしのえをみて、「じょうずだ」と＿＿＿＿くれます。でも＿＿＿＿はあまりじょうずではありません。

わたしはいそがしい＿＿＿＿ですが、えをかくのは＿＿＿＿ですから、まいばんねるまえににじかんぐらいかいています。

わたしはえをみるのもすきです。どようびやにちようびにはよく＿＿＿＿へえをみにいきます。わたしの＿＿＿＿はがいこくのびじゅつかんへいって、＿＿＿＿なえをたくさんみることです。そしてもっといいえをかきたいです。

テスト3

一、応答問題

CDの内容をよく聞いてください。A、B、Cの中から一番適当な答えを選んで、○をつけてください。

1　A　B　C

2　A　B　C

3　A　B　C

4　A　B　C

5　A　B　C

二、会話問題

次の会話をよく聞いてください。会話の後は質問がありますが、質問に一番いい答えをA、B、C、Dの中から選んで、○をつけてください。

会話1　問1　A　B　C　D

　　　　問2　A　B　C　D

会話2　問1　A　B　C　D

　　　　問2　A　B　C　D

三、問答問題

次の質問をよく聞いてください。後の会話の中から答えを見つけて、A、B、C、Dの中から一番いいのを選んで、○をつけてください。

A　B　C　D

譯文

我的興趣

我的興趣是畫畫和爬山。我畫人，也畫花，不過我最喜歡畫山。休息時，我經常一個人去山上畫畫。

5月的綠色、8月的綠色、秋天紅色的山和冬天白色的山，山總是在變化著。我用色鉛筆把它們畫到本子上。山裡很安靜，有時會有人走過來，看了我畫的畫後，稱讚我說：「你畫得真好」。不過說實在的，我畫得並不怎麼樣。

我是公司職員，工作很忙，可是畫畫是件愉快的事情，每晚睡覺前我都要畫上兩個小時左右。

我也喜歡看畫。周六、周日我經常去美術館看畫。我的夢想是去外國的美術館看很多有名的畫，並且畫出更好的畫來。

單字

しゅみ①	[趣味]	（名）	興趣，愛好
え①	[絵]	（名）	畫
かく①		（他五）	畫
やま②	[山]	（名）	山
ひと⓪	[人]	（名）	人
はな②	[花]	（名）	花
やすみ③	[休み]	（名）	休息
ひ⓪	[日]	（名）	日子
いく⓪	[行く]	（自五）	去；走
みどり①	[緑]	（名）	綠色
あかいろ⓪	[赤色]	（名）	紅色
あき①	[秋]	（名）	秋天

しろい②	[白い]	（形）	白色
ふゆ②	[冬]	（名）	冬天
ちがう⓪	[違う]	（自五）	不同
いろえんぴつ③	[色鉛筆]	（名）	色鉛筆
ノート①		（名）	筆記；筆記本
しずか①	[静か]	（形動）	安靜
ときどき②	[時時]	（名・副）	有時
そして⓪		（接續）	然後；而且
ほめる②	[褒める]	（他一）	誇讚，稱讚
ほんとう⓪	[本当]	（名・形動）	真，真的
あまり⓪①		（副）	（不）太
かいしゃいん③	[会社員]	（名）	公司職員
たのしい③	[楽しい]	（形）	愉快
まいばん①	[毎晩]	（名）	每晚
ねる⓪	[寝る]	（他一）	睡
ぐらい		（副助）	大約，左右
びじゅつかん③	[美術館]	（名）	美術館
ゆめ②	[夢]	（名）	夢；夢想
がいこく⓪	[外国]	（名）	外國；國外
ゆうめい⓪	[有名]	（名・形動）	有名
たくさん③	[沢山]	（名・形動）	很多
もっと①		（副）	更加
いい①	[良い・好い]	（形）	好的
たい		（助動）	想，想要

文法

1．**～は～ことです**：介紹興趣時，經常使用這個句型。"こと"前接動詞的連體形。

（1）私の趣味は写真をとることです。

　　我的興趣是照相。

（2）私の趣味は音楽を聞くことです。

　　我的興趣是聽音樂。

（3）王さんの趣味は切手を集めることです。

　　小王的興趣是集郵。

2．**あまり～ない**："あまり"是副詞，後接否定表示程度並不如預料，"不太……""不怎麼……"之意。

（1）日本語の発音はあまり難しくありません。
日語的發音不太難。

（2）あのデパートはあまり有名ではありません。
那家百貨公司不太有名。

（3）「晩ご飯は自分で作りますか。」「あまり作りませんが、時々は自分で料理します。」
"晚飯你自己做嗎？""很少做，但偶爾也會自己煮。"

3．**～たい**："たい"是形容詞型活用，表示說話人想做某事，問句可用於第二人稱，後接體言作修飾語時可用於第二、三人稱。還可以用"たいと思います（思っています）"，比"たい"柔和、婉轉。"想（要）……"之意。

（1）私は新しいペンが買いたいです。
我想買枝新的鋼筆。

（2）何か食べたいときは言ってください。
想吃東西時請說一聲。

（3）王さんはたくさんのことを勉強したいと思っています。
小王想學習更多的東西。

筆記欄

CD 2-4

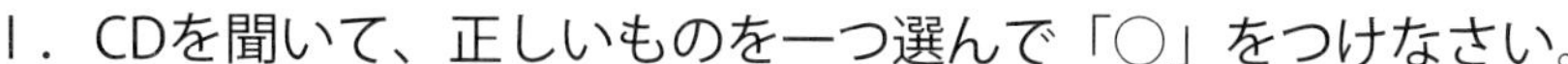

4. 回転寿司

基礎練習

Ⅰ．CDを聞いて、正しいものを一つ選んで「○」をつけなさい。

1．回転寿司の店では、（A．店の人　B．お客）でにぎやかです。
2．回転寿司の店では、（A．店の人　B．お客）がお茶を作ります。
3．回転寿司の店では、食べた後で、（A．店の人　B．お客）がお金の計算をします。

Ⅱ．CDの内容と同じものには「○」、違うものには「×」をつけなさい。

1．回転寿司の店は子供に人気があります。
2．回転寿司の店では、お客は自分で好きな寿司を選ぶことができます。
3．回転寿司は日本にしかありません。

Ⅲ．次の質問に答えなさい。

1．回転寿司の店にはどんなものがありますか。
2．回転寿司の店では、寿司のお金はいくらですか。
3．回転寿司の値段は高いですか。味はどうですか。

Ⅳ．CDを聞いて、次の下線の中に適当な言葉を書きなさい。

みなさん、かいてんずしを＿＿＿＿いますか。かいてんずしの＿＿＿＿ではすしが＿＿＿＿まわっています。おもしろくて、こどもが＿＿＿＿です。

みせのなかで、＿＿＿＿のひとがのんだりたべたりしていて、とても＿＿＿＿です。いろいろなすしが＿＿＿＿にまわってきて、いちまいの＿＿＿＿のうえにすしがふたつあります。まぐろ、たい、いか、えび、なっとうまき、かっぱまき……＿＿＿＿あります。

かいてんずしにはみせのひとは＿＿＿＿いません。おきゃくはすきなすしをとってたべます。＿＿＿＿もおきゃくがつくります。たべたあとで、みせのひとがきておさらを＿＿＿＿ます。＿＿＿＿、しろいさらはひゃくえん、あおいさらはひゃくごじゅうえん、みどりのさらはにひゃくえん、あかいさらはさんびゃくえんです。おかねの＿＿＿＿はむずかしくないです。

すしはにほんの＿＿＿＿ですが、がいこくじんもよくたべます。いまはがいこくにもかいてんずしがあります。やすくて＿＿＿＿かいてんずし。＿＿＿＿いちどいって、たべてください。

テスト４

一、応答問題

CDの内容をよく聞いてください。A、B、Cの中から一番適当な答えを選んで、○をつけてください。

1　A　B　C

2　A　B　C

3　A　B　C

4　A　B　C

5　A　B　C

二、会話問題

次の会話をよく聞いてください。会話の後は質問がありますが、質問に一番いい答えをA、B、C、Dの中から選んで、○をつけてください。

会話１　問１　A　B　C　D

　　　　問２　A　B　C　D

会話２　問１　A　B　C　D

　　　　問２　A　B　C　D

三、問答問題

次の質問をよく聞いてください。後の会話の中から答えを見つけて、A、B、C、Dの中から一番いいのを選んで、○をつけてください。

A　B　C　D

譯　文

回轉壽司

大家知道回轉壽司嗎？在回轉壽司店，壽司轉來轉去，特別有意思，所以孩子們非常喜歡。

在店裡，有很多人吃吃喝喝，非常熱鬧。各式各樣的壽司自動轉到眼前，每個碟子上面都放著兩個壽司。有鮪魚、鯛魚、墨魚、蝦、納豆卷、黃瓜卷等等，種類豐富極了。

回轉壽司的店員不多，客人們自己拿自己喜歡的壽司吃，茶也是客人自己倒。吃完後，店員過來數碟子就行了。白色的碟子100日元，藍色的碟子150日元，綠色的碟子200日元，紅色的碟子300日元，所以算起錢來並不怎麼難。

壽司是日本的食物，但外國人也經常吃。現在在外國也有回轉壽司，既便宜又好吃。請你一定要去嘗一嘗。

單　字

かいてんずし③	[回転寿司]	（名）	回轉壽司
みなさん②	[皆さん]	（名）	大家
しる⓪	[知る]	（他五）	知道
みせ②	[店]	（名）	商店
すし②①	[寿司]	（名）	壽司
ぐるぐる①		（副）	咕嚕咕嚕地（轉）
まわる⓪	[回る]	（自五）	轉
おもしろい④	[面白い]	（形）	有趣
のむ①	[飲む]	（他五）	喝；吃
め①	[目]	（名）	眼睛
さら⓪	[皿]	（名）	碟子
うえ⓪	[上]	（名）	上面
まぐろ⓪		（名）	鮪魚

たい①		（名）	鯛魚
いか⓪		（名）	墨魚，烏賊
えび⓪		（名）	蝦
なっとうまき⓪		（名）	納豆卷
かっぱまき⓪		（名）	黄瓜卷
きゃく⓪	[客]	（名）	客人
とる①	[取る]	（他五）	拿；取
おちゃ⓪	[お茶]	（名）	茶
つくる②	[作る]	（他五）	做
かぞえる③	[数える]	（他一）	數；計算
たとえば②	[例えば]	（副）	比如
あおい②	[青い]	（形）	藍色
あかい⓪	[赤い]	（形）	紅色
おかね⓪	[お金]	（名）	錢
けいさん⓪	[計算]	（名・他サ）	計算
むずかしい④	[難しい]	（形）	難
たべもの③②	[食べ物]	（名）	吃的東西
やすい②	[安い]	（形）	便宜
おいしい⓪③		（形）	好吃
ぜひ①	[是非]	（副）	一定，務必
いちど③	[一度]	（名）	一次

文法

1．～くて、～：“くて”是形容詞的連接形式，可以連接另一個形容詞，也可以連接形容動詞、動詞或一句句子。表示並列、較弱的因果關係等。

（1）あの店は安くておいしいです。
那家店既便宜又好吃。

（2）その部屋は広くてきれいです。
那屋子又寬敞又整潔。

（3）日曜日は勉強が忙しくて出かけませんでした。
星期天由於忙著用功讀書，所以没有外出。

2．～たり～たりする：表示兩個以上動作、狀態的反覆進行或交替出現，或者從許多動作、狀態中舉出若干個例子。“又……又……”“或……或……”“時而……時而……”“有時……有時……”之意。

（1）日曜日には、本を読んだり、テレビを見たりします。
星期天或看書或看電視。
（2）テストは難しかったり、やさしかったりです。
考試有時難有時容易。
（3）時間によって、静かだったり、にぎやかだったりです。
根據不同時間，有時安靜，有時熱鬧。

3．～た後で、～：表示"在那之後"的意思。用於按照時間順序敘述事情的發生經過。
（1）ご飯を食べた後で勉強します。
吃飯後學習。
（2）映画を見た後でトルコ料理を食べに行きましょう。
看完電影以後，我們去吃土耳其料理吧。
（3）台湾についての番組を見た後で台湾へ来たくなりました。
看了有關台灣的節目後，就想來台灣了。

筆記欄

CD 2-5

5. デパート

Ⅰ．CDを聞いて、正しいものを一つ選んで「○」をつけなさい。

1．デパートの売り上げは98年から少しずつ（A. 上がって　B. 下がって）いる。

2．デパートでは、お客が（A. 地下　B. 上の階）の食料品売り場に大勢集まる。

3．「噴水効果」というのは、（A. 人が上から下に行く　B. 人が下から上に行く）ということである。

Ⅱ．CDの内容と同じものには「○」、違うものには「×」をつけなさい。

1．デパートの売り上げは今でも下がり続けています。

2．お客はデパートの食料品売り場だけではなく、ほかの買い物もします。

3．食料品売り場のおかげで、デパート全体の売り上げが増えています。

Ⅲ．次の質問に答えなさい。

1．なぜデパート全体の売り上げが増えるのですか。

2．デパートはどういうふうにお客を集めようとしていますか。

3．洋服売り場では、何が楽しいですか。

Ⅳ．CDを聞いて、次の下線の中に適当な言葉を書きなさい。

デパートの＿＿＿＿はずっとさがりつづけていたが、きゅうじゅうはちねんからはすこし＿＿＿＿あがっている。これはしょくりょうひんうりばの＿＿＿＿らしい。デパートでは＿＿＿＿ちかにしょくりょうひんうりばがあって、そこにおきゃくが＿＿＿＿あつまる。＿＿＿、そのおきゃくがデパートのうえのかいにも＿＿＿＿いて、ほかの＿＿＿＿をする。それで、デパート＿＿＿＿のうりあげがふえるのだ。これを＿＿＿＿では「＿＿＿＿」とよぶらしい。ふんすいのみずのように、ひとがしたからうえにいくからである。だから、デパートはいま、うえのかいを＿＿＿＿したり、＿＿＿＿なしょうひんをそろえたりして、＿＿＿＿＿そこにおおくのおきゃくをあつめようとしている。

＿＿＿＿うりばなら、＿＿＿＿もたのしい。でも、このちかの「しょくのデパート」では、それは＿＿＿＿。きっとなにかかってしまう＿＿＿＿である。

テスト５

一、応答問題

CDの内容をよく聞いてください。A、B、Cの中から一番適当な答えを選んで、○をつけてください。

1　A　B　C

2　A　B　C

3　A　B　C

4　A　B　C

5　A　B　C

二、会話問題

次の会話をよく聞いてください。会話の後は質問がありますが、質問に一番いい答えをA、B、C、Dの中から選んで、○をつけてください。

会話１　問１　A　B　C　D

　　　　問２　A　B　C　D

会話２　問１　A　B　C　D

　　　　問２　A　B　C　D

三、問答問題

次の質問をよく聞いてください。後の会話の中から答えを見つけて、A、B、C、Dの中から一番いいのを選んで、○をつけてください。

A　B　C　D

譯　文

百貨公司

過去，百貨公司的營業額一直持續下降，但從98年開始慢慢有所回升，這得歸功於食品專櫃。百貨公司一般在地下都有食品專櫃，會有很多客人集中到那裡。於是，那裡的客人也會到上面的樓層去逛逛，順便買點別的東西。這樣一來，整個商場的營業額就會增加。業界把這種現象叫做「噴水效果」。就像噴水池的水一樣，客人從地下往樓上走。因此，百貨公司為了吸引更多的客人，便開始對上面的樓層進行改裝，並且備齊各種有吸引力的商品。

即便不買，逛逛服裝賣場也是件愉快的事情。不過，在地下樓層的「食品商場」，只逛不買卻是很難，你肯定會買點什麼的。

單　字

デパート②		（名）	百貨公司
うりあげ⓪	[売り上げ]	（名）	銷售額
ずっと⓪		（副）	一直
さがる②	[下がる]	（自五）	下降
つづける⓪	[続ける]	（他一）	持續，繼續
ずつ		（副助）	每，各
あがる⓪	[上がる]	（自五）	上升
しょくりょうひん⓪	[食料品]	（名）	食品
うりば⓪	[売り場]	（名）	販賣處，櫃台
おかげ⓪		（名）	歸功於……
らしい①		（助動）	好像
たいてい⓪	[大抵]	（名・副）	差不多；一般
ちか①②	[地下]	（名）	地下；地下樓層
おおぜい③	[大勢]	（名）	很多（人）
あつまる③	[集まる]	（自五）	集合；集中

すると⓪		（接續）	於是
のぼる⓪	[登る]	（自五）	上；登
ほか⓪	[外・他]	（名）	其他
かいもの⓪	[買い物]	（名・自サ）	買東西
それで⓪		（接續）	因此
ぜんたい⓪	[全体]	（名）	全體；整體
ふえる②	[増える]	（自一）	增加
ぎょうかい⓪	[業界]	（名）	業界
ふんすい⓪	[噴水]	（名）	噴水池
こうか①	[効果]	（名）	效果
よぶ⓪	[他五]	（他五）	叫作，稱作
みず⓪	[水]	（名）	水
かいそう⓪	[改装]	（名・他サ）	改裝
みりょくてき⓪	[魅力的]	（形動）	有吸引力的
しょうひん①	[商品]	（名）	商品
そろえる③	[揃える]	（他一）	備齊
できるだけ			盡可能
おおく①	[多く]	（名）	多數
あつめる③	[集める]	（他一）	收集
ようふく⓪	[洋服]	（名）	衣服；西服
ウインドーショッピング⑥			瀏覽商店櫥窗
むずかしい⓪④	[難しい]	（形）	難
はず⓪			應該；會

文　法

1．～らしい：形容詞型的助動詞，接在體言、形容動詞語幹和動詞、形容詞、助動詞終止形後面，表示說話人依據客觀事物的狀態、事實、跡象或傳聞進行的客觀推測和委婉的判斷。常和副詞“どうも”“どうやら”呼應使用。“似乎……”“好像……”之意。

（1）これはどうも王さんが書いた文章らしいです。

總覺得這是小王寫的文章。

（2）このあたりは夜は静からしいです。

這一帶夜晚似乎很安靜。

（3）王さんに聞きましたが、この映画はおもしろくないらしいです。

聽小王說，這部電影好像不好看。

2．（よ）うとしている：接在動詞未然形後面，表示動作或變化將要開始或結束。“即將……”“就要……”之意。

（1）時計は正午を知らせようとしています。
　　時鐘正要報正午的時間。

（2）長かった夏休みもじきに終わろうとしています。
　　漫長的暑假也馬上就要結束了。

（3）お風呂に入ろうとしていたところに、電話がかかってきました。
　　正要洗澡時，來了電話。

3．～なら、～：接在體言、動詞、形容詞連體形及形容動詞語幹和形式體言“の”後面。前項以某人提到的事或某人的打算為條件、前提，後項表示說話人的意見。這種用法，後句常用意志、命令結尾。“若是……的話”之意。

（1）あなたが行くなら、私も行きます。
　　你去我也去。

（2）その部屋、学校に近くて安いんならぜひ借りたいですね。
　　那房子若是離學校近，又便宜的話，我很想租。

（3）日本語を習うのなら、ひらがなから始めたほうがいいでしょう。
　　學習日語的話，還是從平假名學起比較好吧。

筆記欄

CD 2-6

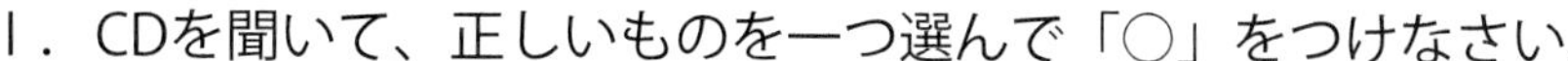

6. すきやきの作り方

基礎練習

I．CDを聞いて、正しいものを一つ選んで「○」をつけなさい。

1．すきやきを作るには、（A. 野菜　B. とうふ）を切ります。

2．すきやきを作るには、（A. 砂糖と酒　B. 水とスープ）を入れます。

3．すきやきは（A. しょうゆ　B. たまご）をつけて食べます。

II．CDの内容と同じものには「○」、違うものには「×」をつけなさい。

1．鍋を熱くしてから、牛肉を入れます。

2．牛肉と野菜ととうふをいっしょに入れます。

3．すきやきの作り方は決まっています。

III．次の質問に答えなさい。

1．すきやきを作るには、どんな材料が必要ですか。

2．すきやきを作るには、どんな調味料が必要ですか。

3．すきやきはどうやって食べるんですか。

IV．CDを聞いて、次の下線の中に適当な言葉を書きなさい。

にほん________のつくりかたをひとつ________ください。いいですよ。すきやきはどうですか。ぎゅうにくややさいやとうふを________ます。

________やさいをあらって、________ください。________なべに________をいれて、________します。ぎゅうにくをいれて、________と________と________をいれます。

________やさいやとうふをいれて、すこしにます。みずや________はいれません。これで________です。

すきやきのつくりかたは________あります。これはわたしのつくりかたです。________ですから、________をつけてたべます。かぞくやともだちといっしょにたべてください。

________ですよ。

テスト6

一、応答問題

CDの内容をよく聞いてください。A、B、Cの中から一番適当な答えを選んで、○をつけてください。

1　A　B　C
2　A　B　C
3　A　B　C
4　A　B　C
5　A　B　C

二、会話問題

次の会話をよく聞いてください。会話の後は質問がありますが、質問に一番いい答えをA、B、C、Dの中から選んで、○をつけてください。

会話1　問1　A　B　C　D
　　　　問2　A　B　C　D
会話2　問1　A　B　C　D
　　　　問2　A　B　C　D

三、問答問題

次の質問をよく聞いてください。後の会話の中から答えを見つけて、A、B、C、Dの中から一番いいのを選んで、○をつけてください。

A　B　C　D

正文解釋

譯　文

日式火鍋的做法

——請告訴我一道日本料理的做法。
——好啊，日式火鍋怎麼樣？
日式火鍋是用牛肉、蔬菜和豆腐做為材料。

首先把蔬菜洗了之後，切一下。
然後往鍋裡放油，加熱。
放牛肉後，再放糖、酒和醬油。
接著放蔬菜和豆腐，並煮一會兒。不要加水和湯。
這樣就做好了。

日式火鍋的做法有很多種。以上是我的做法。日式火鍋很燙，所以吃的時候沾上雞蛋。請你和你的家人、朋友一起在愉快的氛圍中享用吧。

單　字

りょうり①	[料理]	(名・他サ)	料理；烹調
つくりかた④⑤	[作り方]	(名)	做法
おしえる⓪	[教える]	(他一)	教；告訴
すきやき⓪		(名)	日式火鍋
どう①		(副)	怎麼樣，如何
ぎゅうにく⓪	[牛肉]	(名)	牛肉
やさい⓪	[野菜]	(名)	蔬菜
とうふ⓪③	[豆腐]	(名)	豆腐
まず①		(副)	首先
あらう⓪	[洗う]	(他五)	洗
きる①	[切る]	(他五)	切

つぎに②	[次に]	(接續)	然後
なべ①	[鍋]	(名)	鍋
あぶら⓪	[油]	(名)	油
いれる⓪	[入れる]	(他一)	放入
さとう②	[砂糖]	(名)	糖
さけ⓪	[酒]	(名)	酒
しょうゆ⓪	[醤油]	(名)	醬油
すこし②	[少し]	(副)	一點兒
にる⓪	[煮る]	(他一)	煮
スープ①		(名)	湯
できあがり⓪	[出来上がり]	(名)	做好
たまご⓪②	[卵]	(名)	雞蛋
つける②	[付ける]	(他一)	沾
かぞく①	[家族]	(名)	家人
ともだち⓪	[友達]	(名)	朋友
いっしょ⓪	[一緒]	(名)	一起
たのしい③	[楽しい]	(形)	愉快

文法

1．～てください：表示命令、請求。“請……”之意。

（1）ちょっと待ってください。
請等一下。

（2）ここに名前を書いてください。
請把名字寫在這裡。

（3）すみませんが、もう一度言って下さい。
對不起，請再說一遍。

2．～て、～：接續助詞“て”接在動詞連用形後面，有連接前後句的作用，表示並列、先後、因果等關係，或前者為後者的手段、方法等。

（1）王さんは学校へ行って、李さんは会社へ行きました。
小王去學校，小李去公司了。

（2）雨に降られて、かぜを引いてしまいました。
淋了雨，得了感冒。

（3）田中さんはカメラを持って、旅行に出かけました。

田中帶著照相機出門旅行去了。

3．まず～次に～／まず～それから～：用於敘述事情先後發生的句型。"首先……然後……"之意。

（1）家に帰ると、まずテレビをつけます。次にニュースを見ながら、食事の用意をします。

一回到家，首先打開電視。然後一邊看新聞，一邊做飯。

（2）国へ帰ったら、まず大学の友達に会いたいです。次に国のおいしい料理が食べたいです。

回國後，首先想見大學的朋友，然後想吃家鄉的美味料理。

（3）私の計画では、まず日本語学校で1年ぐらい勉強して、それから専門学校へ行こうと思っています。

我的計劃是首先在語言學校學習日語1年左右，然後再上專科學校。

筆記欄

筆記欄

社會話題篇

- 最近の子供たち
- ペット
- なりたい職業
- 第二の人生
- ローラ付きスニーカー
- トイレ

CD 2-7

7．最近の子供たち

基礎練習

Ⅰ．CDを聞いて、正しいものを一つ選んで「○」をつけなさい。

1．（A. 勉強　B. 遊び）は子どもの仕事です。

2．（A. テレビ　B. 勉強）に使う時間が多いという子どもがいちばん多いです。

3．子どもは（A. 遊び相手がいない　B. 一人でいたい）から、あまり外で遊びません。

Ⅱ．CDの内容と同じものには「○」、違うものには「×」をつけなさい。

1．最近の子どもはよく外で遊ぶので、元気です。

2．子どもはどこでも遊ぶことができます。

3．遊び方を知らない子どもも少なくありません。

Ⅲ．次の質問に答えなさい。

1．最近、どんな子どもが増えましたか。

2．両親は子どもが遊ぶことをどう思っていますか。

3．子どもはどうして遊ばないか、その原因をまとめてみなさい。

Ⅳ．CDを聞いて、次の下線の中に適当な言葉を書きなさい。

さいきん、「________のちょうしがわるい」「すぐ________」というこどもがおおくなりました。こどものしごとは________ことです。そとでよくあそぶこどもは________です。しかし、さいきんのこどもは________あそびません。________あそばないとおもいますか。この________をちょっとみてください。

________、「________をみるじかんがおおい」がいちばんおおくて、66％です。________、「べんきょうが________」で、64％です。さんばんめは「あそぶ________がない」で、35％。つぎの31％は「いっしょにあそぶ________がいない」です。________、28％は「りょうしんがあそんではいけないというから」です。「あそびかたを________」というこどもも23％います。「________がおおいから、そとは________」が21％です。「りょうしんがあそぶことは________だとおもわないから」が17％です。みなさん、これをみて、どうおもいますか。

應用練習

テスト7

一、応答問題

CDの内容をよく聞いてください。A、B、Cの中から一番適当な答えを選んで、○をつけてください。

1　A　B　C

2　A　B　C

3　A　B　C

4　A　B　C

5　A　B　C

二、会話問題

次の会話をよく聞いてください。会話の後は質問がありますが、質問に一番いい答えをA、B、C、Dの中から選んで、○をつけてください。

会話1　問1　A　B　C　D

　　　　問2　A　B　C　D

会話2　問1　A　B　C　D

　　　　問2　A　B　C　D

三、問答問題

次の質問をよく聞いてください。後の会話の中から答えを見つけて、A、B、C、Dの中から一番いいのを選んで、○をつけてください。

A　B　C　D

正文解釋

譯文

最近的孩子們

最近，「身體不舒服」「容易疲勞」的孩子越來越多了。孩子的工作其實就是玩。經常在外面玩的孩子是很健康的。但是，最近的孩子們卻不怎麼玩了。孩子們為什麼不玩呢？請看看下面的數字。

首先，最多的是「看電視的時間多」，占了66%。其次是「忙著用功讀書」，占了64%。第三是「沒有玩的地方」，占了35%。接下來的31%是「沒有一起玩的伙伴」。還有28%就是「父母說了不准玩」。「不知道怎麼玩」的孩子也占了23%。認為「車子很多，外面很危險」的為21%。因為「父母認為玩不重要」的為17%。不知道大家看了這個結果以後，有什麼想法？

單字

さいきん⓪	[最近]	(名)	最近
からだ⓪	[体]	(名)	身體
ちょうし⓪	[調子]	(名)	狀態，狀況
すぐ①		(副)	馬上
つかれる③	[疲れる]	(自一)	累，疲勞
しごと⓪	[仕事]	(名)	工作
あそぶ⓪	[遊ぶ]	(他五)	玩
そと①	[外]	(名)	外面
げんき①	[元気]	(名・形動)	精神；健康
しかし②		(接續)	可是，不過
あまり⓪①		(副)	不太，不怎麼
どうして①		(副)	為什麼
しりょう①	[資料]	(名)	資料
まず①		(副)	首先
テレビ①		(名)	電視

じかん⓪　[時間]　（名）　時間
いちばん⓪　[一番]　（副）　最
いそがしい④　[忙しい]　（形）　忙
め　[目]　（接尾）　第……
いっしょに　[一緒に]　（副　一起
りょうしん①　[両親]　（名）　父母
くるま⓪　[車]　（名）　車
あぶない⓪③　[危ない]　（形）　危險
たいせつ⓪　[大切]　（形動）　重要；愛惜
みなさん②　[皆さん]　（名）　大家

1．**～という～**：表示稱謂。在句中表示綜合上文，並修飾下文。“叫……”“稱為……”“名為……”之意。

（1）これは何という花ですか。
　　這花叫什麼花？
（2）田中という人からあなたに電話がありました。
　　有位叫田中的給你來過電話。
（3）日本で一番高い山は何という山ですか。
　　日本最高的山叫什麼山？

2．**～くなる**：表示形容詞的狀態變化。

（1）これからだんだん暑くなります。
　　從現在起要漸漸地熱起來了。
（2）勉強も前より忙しくなりました。
　　功課也比以前忙了。
（3）中国のテレビのチャンネルの数は多くなりました。
　　中國的電視頻道數目也多起來了。

3．**～てはいけない**：表示禁止對方做某事的句型。“不能……”“不許……”之意。

（1）授業中、おしゃべりをしてはいけません。
　　上課不許說話。
（2）ここでタバコを吸ってはいけません。
　　這裡不可以抽煙。

（3）試験のときに、辞書を調べてはいけません。

考試時不許查辭典。

筆記欄

8. ペット

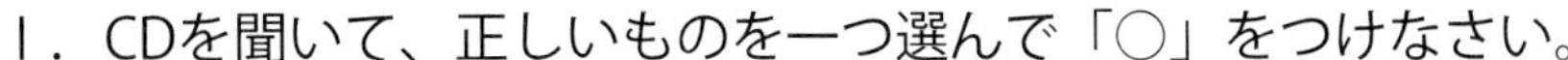

基礎練習

Ⅰ. CDを聞いて、正しいものを一つ選んで「○」をつけなさい。

1. 一人暮らしをしている人にとって、ペットは（A. なくてもいい　B. なくてはならない）存在なのだ。
2. 20代の女性のほとんどは結婚したら、ペットを一緒に（A. 連れて行きたがっている　B. 連れていかない）。
3. 一人暮らしをしている人にとって、（A. ペット　B. 家族）が大切なパートナーなのだ。

Ⅱ. CDの内容と同じものには「○」、違うものには「×」をつけなさい。

1. 一人暮らしをしている人で、犬や猫を飼う人がだんだん少なくなってきました。
2. 一人暮らしをしている人にとって、家にペットがいなかったらさびしいです。
3. 女性は結婚相手の彼の家がペット禁止なら、結婚しないかもしれません。

Ⅲ. 次の質問に答えなさい。

1. 一人暮らしをしている人はペットと一緒に何ができますか。
2. どんな調査が行われましたか。
3. その調査でどんなことがわかりましたか。

Ⅳ. CDを聞いて、次の下線の中に適当な言葉を書きなさい。

________をしているひとで、ペットとしていぬやねこを________ひとがふえている。かれらの________、いえにかえれば________のせかいがまっている。でも、ペットがいれば________ない。ペットは________のないそんざいなのだ。いっしょに________にはいることもあるし、へやであそぶこともある。________、たいせつな________なのだ。

________、あるちょうさでこんなことがわかった。にじゅうだいのじょせいを________に、「けっこんしたら、いまいるペットはどうするのか」ときいたところ、________はいっしょにつれていくとこたえたそうだ。そして、つれて行けないならけっこんしないかもしれないというひともすくなくなかったそうだ。________、いっしょにすむことになるかれの________がペットきんしなので、けっこんするかどうか________いるなどというじょせいもいた________。

テスト8

一、応答問題

CDの内容をよく聞いてください。A、B、Cの中から一番適当な答えを選んで、○をつけてください。

1　A　B　C
2　A　B　C
3　A　B　C
4　A　B　C
5　A　B　C

二、会話問題

次の会話をよく聞いてください。会話の後は質問がありますが、質問に一番いい答えをA、B、C、Dの中から選んで、○をつけてください。

会話1　問1　A　B　C　D
　　　　問2　A　B　C　D
会話2　問1　A　B　C　D
　　　　問2　A　B　C　D

三、問答問題

次の質問をよく聞いてください。後の会話の中から答えを見つけて、A、B、C、Dの中から一番いいのを選んで、○をつけてください。

A　B　C　D

正文解釋

譯 文

寵 物

單身生活的人養寵物貓、狗的越來越多了。對他們來說，回家就意味著邁入孤單的世界。不過，有寵物在的話，就不寂寞了。寵物是無可替代的存在。他們和寵物一起洗澡，一起在屋子裡玩。也就是說，對他們而言，寵物是很重要的伙伴。

可是，透過調查，我們知道了這麼一件事。調查對象是20幾歲的女性，在向她們提出「結婚後，現在的寵物打算怎麼處理？」的問題後，大部分人都說準備帶著寵物一起。而且聽說，有不少人因為不能帶寵物一起過去而放棄結婚。比如說，有的女性因為和男友一起生活的公寓禁止養寵物，而猶豫著要不要結婚。

單 字

ひとりぐらし④	[一人暮らし]	（名）	單身生活；獨居
ペット①		（名）	寵物
いぬ②	[犬]	（名）	狗
ねこ①	[猫]	（名）	貓
ふえる②	[増える]	（自一）	增加
ばあい⓪	[場合]	（名）	時候；情況
かえる①	[帰る]	（自五）	回來；回去
こどく⓪	[孤独]	（名・形動）	孤獨
せかい①	[世界]	（名）	世界
まつ①	[待つ]	（他五）	等，等待
でも①		（接續）	但是，可是
さびしい③	[寂しい]	（形）	寂寞；孤單；冷清
かけがえのない		（連語）	無法替代的
そんざい⓪	[存在]	（名・自サ）	存在
ふろ②①	[風呂]	（名）	澡盆；澡堂
はいる①	[入る]	（自五）	進入；進去

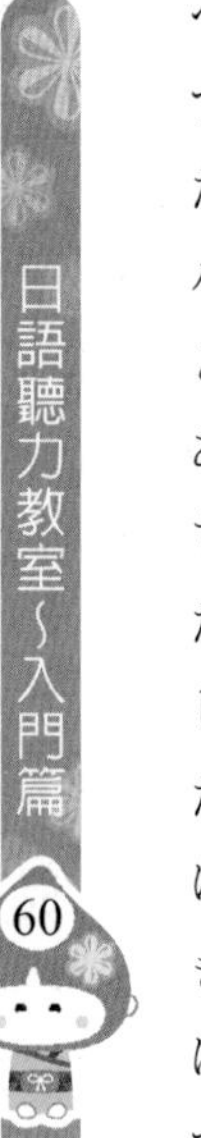

へや②	[部屋]	（名）	房間
つまり①		（副）	也就是說；總之
たいせつ⓪	[大切]	（形動）	重要；愛惜
パートナー①		（名）	伴侶；伙伴
ところで③		（接續）	可是；再說
ある①		（連體）	某個
ちょうさ③	[調査]	（名・他サ）	調查
だい	[代]	（接尾）	……多歲
じょせい⓪	[女性]	（名）	女性
たいしょう⓪	[対象]	（名）	對象
けっこん⓪	[結婚]	（名・自サ）	結婚
きく⓪	[聞く]	（他五）	聽；問
ほとんど②		（名・副）	幾乎，大部分
つれる⓪	[連れる]	（他一）	帶；領
こたえる③②	[答える]	（自一）	回答
そして⓪		（接續）	然後；而且
すくない③	[少ない]	（形）	少
たとえば②	[例えば]	（副）	比如
すむ①	[住む]	（自五）	住，居住
マンション①		（名）	公寓
きんし⓪	[禁止]	（名・他サ）	禁止
まよう②	[迷う]	（自五）	迷失；猶豫

文法

1．～として、～：接在名詞後面，表示資格、立場、種類、名目等。“作為……”“當作……”之意。

（1）留学生として日本に来ました。

作為留學生來到了日本。

（2）趣味として書道を勉強しています。

我把書法當作一種興趣來學。

（3）学長の代理として会議に出席しました。

以代理校長的身分出席了會議。

2．～たら、～：表示假定，一般將某一事物當做已經實現來假定，在此基礎上做出某種判斷。因此，前後兩個動作構成了先後關係，並且後項大多伴隨命令、推測等與主觀意志有關的說法。

（1）入学試験に落ちたら浪人しなければなりません。

入學考試不及格的話，就會成為重考生。

（2）次の試験で60点以下だったら進級できないかもしれません。

下次考試成績如果在60分以下，也許不能升級。

（3）国立大学に入学したら学費は安くすみます。

考上國立大學的話，學費很便宜。

3．～かどうか～：表示“是做……還是不做……”“是……還是不是……”的意思。譯為“是否……”“是……還是（不）……”。

（1）明日は休みかどうか、まだわかりません。

明天是否放假還不知道。

（2）おいしいかどうか、食べてみましょう。

嘗嘗看是否好吃。

（3）あの人が来るかどうか、知っていますか。

他來還是不來，你知道嗎？

筆記欄

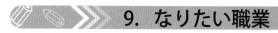

CD 2-9

9. なりたい職業

基礎練習

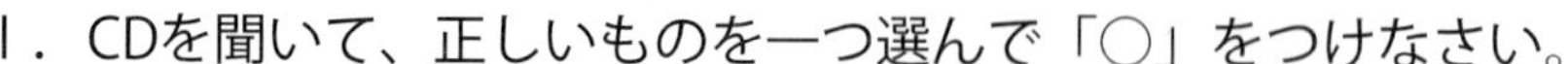

I．CDを聞いて、正しいものを一つ選んで「○」をつけなさい。

1．ある企業が（A．子供　B．親）に対して、「将來、何になりたいですか」と聞きました。

2．男の子は一番なりたいのは（A．スポーツ選手　B．運転手）です。

3．親が一番子供にやらせてほしいのは（A．スポーツ選手　B．公務員）です。

II．CDの内容と同じものには「○」、違うものには「×」をつけなさい。

1．ある企業が親に対して、子供についてほしい職業について、アンケート調査を行いました。

2．子供のなりたい職業と親が子供に期待する職業にはあまり差がありません。

3．子供はやはり公務員のような安定した職業につきたいのです。

III．次の質問に答えなさい。

1．ある企業がどんなアンケート調査を行いましたか。

2．その調査でどんなことがわかりましたか。

3．子供の職業について、親と子供本人はそれぞれどう考えていますか。

IV．CDを聞いて、次の下線の中に適当な言葉を書きなさい。

ある________がしょうがっこうのいちねんせいとそのおや、よんせんくみを________につぎのような________ちょうさをおこなった。こどものほうには、「しょうらい、なりたい________はなんですか」とききき、おやのほうには、「しょうらい、こどもについて________しょくぎょうはなんですか」ときいた。その________、なりたいしょくぎょうとおやがこどもに________するしょくぎょうにはおおきな________があることがわかった。

おとこのこのばあい、「なりたいしょくぎょう」は「________せんしゅ」が________で、にいは「________」だった。________、「ついてほしいしょくぎょう」のトップは「________」で、「スポーツせんしゅ」はにいにはいっているが、その________は、じゅうごパーセントだった。

おやは、________こうむいんのような________したしょくぎょうについてほしいと__

＿＿＿のだろうが、しょうがっこういちねんせいにはまだそんな＿＿＿＿はできないのだろう。

テスト9

一、応答問題

CDの内容をよく聞いてください。A、B、Cの中から一番適当な答えを選んで、○をつけてください。

1　A　B　C
2　A　B　C
3　A　B　C
4　A　B　C
5　A　B　C

二、会話問題

次の会話をよく聞いてください。会話の後は質問がありますが、質問に一番いい答えをA、B、C、Dの中から選んで、○をつけてください。

会話1　問1　A　B　C　D
　　　　問2　A　B　C　D
会話2　問1　A　B　C　D
　　　　問2　A　B　C　D

三、問答問題

次の質問をよく聞いてください。後の会話の中から答えを見つけて、A、B、C、Dの中から一番いいのを選んで、○をつけてください。

A　B　C　D

譯　文

想從事的職業

某家企業對4千組小學一年級學生和父母進行了以下的問卷調查。問孩子「將來想從事的職業是什麼」，而問大人「希望孩子將來從事的職業是什麼」。結果發現，孩子們自己想從事的職業和父母期待孩子從事的職業有著很大的差異。

男孩子「想從事的職業」當中，「運動員」居首位，第2位是「司機」。另一方面，「希望孩子從事的職業」的首位是「公務員」，「運動員」雖然名列第二，但其比例僅為15%。

父母還是希望孩子能從事像公務員那樣的比較穩定的職業，但小學一年級學生應該還不會那麼想吧。

單　字

なる①		(自五)	成為，當
しょくぎょう②	[職業]	(名)	職業
きぎょう①	[企業]	(名)	企業
くみ②	[組]	(名)	組
たいしょう⓪	[対象]	(名)	對象
つぎ②	[次]	(名)	以下
アンケート①③		(名)	問卷
ちょうさ①	[調査]	(名・他サ)	調查
おこなう⓪	[行う]	(他五)	做，進行
しょうらい①	[将来]	(名)	將來
きく⓪	[聞く]	(他五)	聽；問
つく①②	[就く]	(自五)	從事
けっか⓪	[結果]	(名)	結果
きたい⓪	[期待]	(名・他サ)	期待
おおきな①	[大きな]	(形動)	大

さ⓪	[差]	（名）	差異，差別
ばあい⓪	[場合]	（名）	時候；情況
スポーツ②		（名）	體育；體育運動
せんしゅ①	[選手]	（名）	選手；運動員
トップ①		（名）	首位
うんてんしゅ③	[運転手]	（名）	司機
いっぽう③	[一方]	（名）	一方；另一方面
こうむいん③	[公務員]	（名）	公務員
はいる①	[入る]	（自五）	進入；進去
わりあい⓪	[割合]	（名）	比率，比例
やはり②		（副）	果然，還是
あんてい⓪	[安定]	（名・形動・自サ）	穩定，安定
ねがう②	[願う]	（他五）	希望
できる②		（自一）	能，會

文法

1．**～ような（に）～**：接在"名詞＋の"或動詞連體形後面，表示例示。"像……樣的""按照……樣"之意。

（1）彼はあなたが思っているような人ではありません。
　　他不是你所想像的那種人。

（2）中国には泰山のように有名な山がたくさんあります。
　　在中國像泰山那樣有名的山有很多。

（3）あの人のように英語がペラペラ話せたらいいのに。
　　要像他那樣能說一口流利的英語就好了。

2．**～てほしい**：表示說話人對自己以外的人的希望或要求。是"我想請您……"、"希望能保持這種狀態"之意。譯作"想……""希望……"。

（1）この展覧会には、たくさんの人に来てほしいです。
　　希望有很多人來參加這個展覽會。

（2）あまり仕事が多いので、だれかに手伝ってほしいと思っています。
　　要做的工作太多，想找個人幫幫忙。

（3）母には、いつまでも元気でいてほしいです。
　　希望母親永遠健康。

3．**一方**：用於句子或段落之首，後面敘述與前文相對立的事物。為“另一方面”“而”之意。

（1）日本でははしを横に置きます。一方、わが国では縦に置きます。
日本人用餐時筷子橫著擺，而我國則是豎著擺。

（2）まじめな人がいます。一方、いいかげんな人もいます。
有認真的人，也有不認真的人。

（3）日本では子供を生まない女性が増えている。一方、アメリカでは、結婚しなくても子供はほしいという女性が増えている。
在日本不要生小孩的女性越來越多。而在美國，越來越多的女性就算不結婚，但還是想要孩子。

筆記欄

CD 2-10

10. 第二の人生

基礎練習

Ⅰ. CDを聞いて、正しいものを一つ選んで「○」をつけなさい。

1．最近、（A. 若い人　B. 年を取った人）は大学や大学院に入る人が多くなっています。

2．中村三郎さんは（A. 長い間　B. しばらく）貿易会社で働いていました。

3．中村三郎さんの趣味は（A. 貿易　B. 英文学）です。

Ⅱ. CDの内容と同じものには「○」、違うものには「×」をつけなさい。

1．会社を定年で退職してから、続けて勉強をしたいと考える人があまりいません。

2．中村さんは退職してからも、続けてがんばっています。

3．退職後の第二の人生の過ごし方はいろいろあります。

Ⅲ. 次の質問に答えなさい。

1．最近、どんな人が増えていますか。

2．中村三郎さんはどうして大学に入ったのですか。

3．豊かな老後を送るためには、何をするのが一番ですか。

Ⅳ. CDを聞いて、次の下線の中に適当な言葉を書きなさい。

________、ごじゅうだいやろくじゅうだいになってから、だいがくや________でべんきょうするひとたちがふえている________。かいしゃを________でたいしょくしたあとで、________なべんきょうをしたいとかんがえるひとたちだ。

なかむらさぶろうさんはそのひとりだ。ぼうえきがいしゃに________つとめていたが、ことし________だいがくにはいった。わかいときから________でえいぶんがくをよんでいたが、________ふかくべんきょうしたいとおもい、________をきめたそうだ。じぶんよりわかいひとたちに________と、じぶんもわかくなった________きがするらしい。としをとっているからといって、________ことはない、となかむらさんははなしている。

たいしょくごにだいにのじんせいを________かは、人によっていろいろだ。しかし、じんせいはいちどしかない。________なろうごをおくるためには、なかむらさんのように、じぶんのやりたいことをするのが________だろう。

テスト10

一、応答問題

CDの内容をよく聞いてください。A、B、Cの中から一番適当な答えを選んで、○をつけてください。

1　A　B　C

2　A　B　C

3　A　B　C

4　A　B　C

5　A　B　C

二、会話問題

次の会話をよく聞いてください。会話の後は質問がありますが、質問に一番いい答えをA、B、C、Dの中から選んで、○をつけてください。

会話1　問1　A　B　C　D

　　　　問2　A　B　C　D

会話2　問1　A　B　C　D

　　　　問2　A　B　C　D

三、問答問題

次の質問をよく聞いてください。後の会話の中から答えを見つけて、A、B、C、Dの中から一番いいのを選んで、○をつけてください。

A　B　C　D

譯　文

第二人生

聽說最近到了50、60歲以後，才開始念大學和研究所的人越來越多了。這些人從公司退休後，想重新開始專業知識的學習。

中村三郎就是其中之一。他長期在貿易公司上班，但今年辭掉工作後上了大學。聽說從年輕時開始，他就因為興趣，而一直在讀英國文學，但他想進一步深入學習，因此決定念大學。和比自己年輕的人在一起打交道，他覺得自己也變年輕了。中村說雖然上了年紀，但也不會放棄學習的。

退休後如何度過第二人生，這一點因人而異。但是，人生畢竟只有一次。要讓晚年生活得豐富幸福，像中村那樣做自己想做的事是再好不過了。

單　字

じんせい①	[人生]	（名）	人生
さいきん⓪	[最近]	（名）	最近
だいがくいん④	[大学院]	（名）	研究所
ていねん⓪	[定年]	（名）	退休年齡
たいしょく⓪	[退職]	（名・自サ）	退休
せんもんてき⓪	[専門的]	（形動）	專業
ぼうえき⓪	[貿易]	（名）	貿易
ながねん⓪	[長年]	（名）	長年
つとめる③	[勤める]	（自一）	工作
やめる⓪	[辞める]	（他一）	辭去，辭掉
わかい②	[若い]	（形）	年輕
しゅみ①	[趣味]	（名）	愛好，趣味
もっと①		（副）	更加；再
ふかい②	[深い]	（形）	深
にゅうがく⓪	[入学]	（名・自サ）	入學

きめる⓪	[決める]	（他一）	決定
かこむ⓪	[囲む]	（他五）	圍繞；圍起來
き⓪	[気]	（名）	心情；感覺
としをとる	[年を取る]		上了年紀
あきらめる④	[諦める]	（他一）	死心，打消念頭
おくる⓪	[送る]	（他五）	過，度過
ゆたか①	[豊か]	（形動）	豐富；富裕
ろうご⓪	[老後]	（名）	晚年
やる⓪		（他五）	做；舉行

文法

1．**～ような気がする**：表示說話人的主觀判斷（包括推測）。“我覺得……”“好像……”之意。

（1）彼女は最近元気がないような気がします。
　　她最近好像精神不佳。

（2）この地図は、少し複雑なような気がします。
　　這張地圖我覺得有點複雜。

（3）お金がないのに、お金持ちになったような気がします。
　　雖然沒有錢，卻好像是個財主似的。

2．**～からといって、～**：表示“僅僅因為這一點理由”的意思。後接否定的表達方式，表示“Xだから Y”的理由並不能成立的意思。

（1）日本人だからといって、正しく敬語が使えるとは限りません。
　　即使是日本人，也不見得都能正確地使用敬語。

（2）相手が弱そうに見えるからといって、決して油断してはいけません。
　　即使對手看上去很弱，但也不可掉以輕心。

（3）健康に自信があるからといって、そんなに無理をしていると体を壊しますよ。
　　即使對自己的健康很有信心，也不能那麼拼命，身體會被搞垮的。

3．**～によって、～**：表示“手段、方法”、“原則、理由”和“根據”。

（1）私たちは毎日新聞やラジオによって国内外のニュースを知ります。
　　我們每天透過報紙、廣播等了解國內外的消息。

（2）行くか行かないかは、明日の天気によって決めましょう。
　　去還是不去，看明天的天氣再決定吧。

（3）人によって考え方が違います。

想法因人而異。

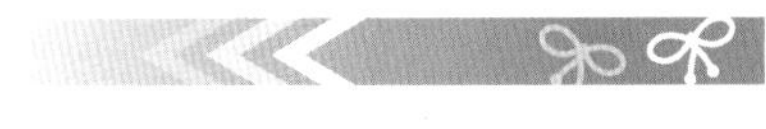

筆記欄

CD 2-11

11. ローラ付きスニーカー

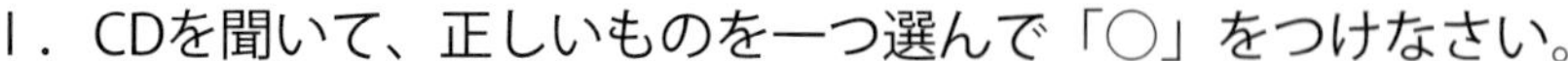

基礎練習

Ⅰ. CDを聞いて、正しいものを一つ選んで「○」をつけなさい。

1. スニーカーの（A. つま先　B. かかと）にはローラーが付いています。
2. ローラー付きスニーカーはこれまでに（A. 8万5千足以上　B. 5万8千足以上）も売れているそうです。
3. このスニーカーについては、人の多い場所で（A. 使ってもいい　B. 使わないほうがいい）という意見が多いです。

Ⅱ. CDの内容と同じものには「○」、違うものには「×」をつけなさい。

1. 昨日、スーパーで買い物しているとき、ある子供とぶつかりました。
2. このローラー付きスニーカーはつま先を上げるとスーッとすべることができます。
3. このローラー付きスニーカーで外出することは法律で禁止されています。

Ⅲ. 次の質問に答えなさい。

1. このローラー付きスニーカーはどうして人気がありますか。
2. このローラー付きスニーカーについて、どんな意見が多いですか。
3. このローラー付きスニーカーについて、親は子供に何を教えなければいけないと思いますか。

Ⅳ. CDを聞いて、次の下線の中に適当な言葉を書きなさい。

きのう、＿＿＿＿でかいものしているとき、こどもが＿＿＿＿めのまえにでてきて＿＿＿＿。こどもが、＿＿＿＿なにかにのってすべってきて、＿＿＿＿そうになったのだ。よくみると、それはローラーつきスニーカーだった。このスニーカーの＿＿＿＿には、ローラーがついていて、＿＿＿＿をあげるとスーッとすべることができるのだ。その＿＿＿＿とべんりさとあたらしさで＿＿＿＿がでて、これまでにはちまんごせんそく＿＿＿＿もうれているという。

このスニーカー＿＿＿＿は、ひとがおおいばしょでしようするのは＿＿＿＿だといういけんもおおい。しかし、「このスニーカーでそとにでてはいけない」という＿＿＿＿はない。ないけれども、おやはこどもに＿＿＿＿をまもって＿＿＿＿することをおしえなければいけないとおもう。

テスト11

一、応答問題

CDの内容をよく聞いてください。A、B、Cの中から一番適当な答えを選んで、○をつけてください。

1　A　B　C
2　A　B　C
3　A　B　C
4　A　B　C
5　A　B　C

二、会話問題

次の会話をよく聞いてください。会話の後は質問がありますが、質問に一番いい答えをA、B、C、Dの中から選んで、○をつけてください。

会話1　問1　A　B　C　D
　　　　問2　A　B　C　D
会話2　問1　A　B　C　D
　　　　問2　A　B　C　D

三、問答問題

次の質問をよく聞いてください。後の会話の中から答えを見つけて、A、B、C、Dの中から一番いいのを選んで、○をつけてください。

A　B　C　D

正文解釋

譯文

滾輪暴走鞋（帶滾輪的運動鞋）

昨天在超市買東西的時候，有一個孩子突然出現在面前，讓我吃了一驚。那個孩子像是乘坐著什麼東西滑過來的，我差點就要和他撞上了。仔細一看，原來他穿著帶滾輪的運動鞋。這種運動鞋的鞋跟帶著滾輪，立起腳尖就可以滑動。因樣式新穎、穿著方便而大受歡迎。據說目前已經賣出去8萬5千雙以上。

也有人認為穿這種運動鞋在人多的地方穿行很危險。但是，還沒有出現「不准穿這種運動鞋外出」的相關法律。雖然沒有相關禁令，但作為父母應該教導孩子穿這種運動鞋時要遵守相關禮節。

單字

ローラー⓪①		(名)	滾輪；輪子
つき②	[付き]	(名)	附有，帶有
スニーカー②		(名)	運動鞋
スーパー①		(名)	超市
きゅう⓪	[急]	(形動)	突然
めのまえ③	[目の前]	(名)	眼前
でる①	[出る]	(自一)	出去；出來
おどろく③	[驚く]	(自五)	吃驚
とつぜん⓪	[突然]	(副・形動)	突然，忽然
のる⓪	[乗る]	(自五)	乘坐
すべる②	[滑る]	(自五)	滑
ぶつかる⓪		(自五)	碰；撞
かかと⓪		(名)	腳跟
つく①②	[付く]	(自五)	帶有，附有
つまさき⓪	[つま先]	(名)	腳尖
あげる⓪	[上げる]	(他一)	舉起；抬起

スッと⓪①		(副)	咻地
できる②		(自一)	能，會
かたち⓪	[形]	(名)	形狀
にんき⓪	[人気]	(名)	人氣
いじょう①	[以上]	(名)	以上；超過
うれる⓪	[売れる]	(自一)	暢銷
しよう⓪	[使用]	(名・他サ)	使用
きけん⓪	[危険]	(名・形動)	危險
いけん①	[意見]	(名・自サ)	意見
ほうりつ⓪	[法律]	(名)	法律
マナー①		(名)	禮貌，禮節
まもる②	[守る]	(他五)	保護；遵守
りよう⓪	[利用]	(名・他サ)	利用，使用
おしえる⓪	[教える]	(他一)	教；告訴

文法

1．**～そうだ**：樣態助動詞，主要用於客觀地描述說話人觀察到、感覺到的某種情形、樣子、跡象、趨勢等，即視覺印象。屬形容動詞型活用。除了「そうです」用作結句外，「そうに」可用作副詞，「そうな」用作修飾語。“好像……”“似乎……”“顯得……似的”之意。

（1）このりんごは赤くておいしそうです。
　　這蘋果紅紅的，看上去很好吃。
（2）子供たちは楽しそうに遊んでいます。
　　孩子們玩得很高興的樣子。
（3）いまにも降りそうな天気です。
　　眼看就要下雨的天氣。

2．**～という**：表示傳聞或傳說的表達方式。“據說……”“聽說……”之意。

（1）彼はテニスがうまいという。
　　據說他網球打得很好。
（2）彼がそれを盗んだという。
　　據說是他偷了那件東西。
（3）彼は卒業後郷里へ帰って母校の教師をしているという。
　　據說他畢業以後回到家鄉，在母校當老師。

3．～なければならない（～なければいけない）：接在動詞未然形後面，表示"必須……""非……不可"之意。

（1）明日授業があるので、今日早く帰らなければなりません。
　　明天還有課，今天必須早點回去。

（2）もう時間はあまり多くありませんから、しっかり勉強しなければいけません。
　　時間不多了，你應該努力用功才是。

（3）私たちは日本語を勉強するとともに日本の文化や知識もよく勉強しなければなりません。
　　我們在學習日語的同時，還應該好好學習日本的文化和知識。

筆記欄

CD 2-12

12. トイレ

基礎練習

Ⅰ．CDを聞いて、正しいものを一つ選んで「○」をつけなさい。

1．最近、オフィスビルの（A．部屋の中に　B．トイレの中に）お茶のペットボトルやおにぎりの袋を見つけることがあります。

2．インタビューされた人は会社の中でひとりになれるのは（A．食堂　B．トイレ）しかないと思っています。

3．ストレス解消のため、（A．トイレ　B．食堂）で食事をする人もいます。

Ⅱ．CDの内容と同じものには「○」、違うものには「×」をつけなさい。

1．最近、オフィスビルのトイレの個室の中で食事をするような非常識なこともあります。

2．トイレの個室の中にあるお茶のペットボトルやおにぎりの袋はほかのところから持ってきたものです。

3．トイレの中で食事をすると安心できるという人もいます。

Ⅲ．次の質問に答えなさい。

1．トイレの掃除をしている人の話では、どんなことがわかりましたか。

2．トイレの個室の中で何が見つかりましたか。

3．インタビューされた人はどうしてトイレで食事をするんですか。

Ⅳ．CDを聞いて、次の下線の中に適当な言葉を書きなさい。

＿＿＿＿ビルのトイレではさいきん＿＿＿＿をこえたことがおきているようだ。

＿＿＿＿をしているひとのはなしによると、さいきん、トイレの＿＿＿＿のなかにおちゃの＿＿＿＿やおにぎりの＿＿＿＿をみつけることがあるそうだ。どこかでたべたりのんだりした＿＿＿＿、ここにはいってすてたのではなくて、＿＿＿＿ここでたべたらしい。「えっ!トイレでしょくじ？」とおもうかもしれないが、＿＿＿＿にしたことがあるひとに＿＿＿＿してみた。そのひとは「だって、かいしゃのなかでひとりになれるのはここしかないでしょう。＿＿＿＿、なかはきれいだし、ここでたべているととっても＿＿＿＿するんです」とこたえた。＿＿＿＿からじぶんをまもるほうほうなのだろう。

テスト12

一、応答問題

CDの内容をよく聞いてください。A、B、Cの中から一番適当な答えを選んで、○をつけてください。

1　A　B　C
2　A　B　C
3　A　B　C
4　A　B　C
5　A　B　C

二、会話問題

次の会話をよく聞いてください。会話の後は質問がありますが、質問に一番いい答えをA、B、C、Dの中から選んで、○をつけてください。

会話1　問1　A　B　C　D
　　　　問2　A　B　C　D
会話2　問1　A　B　C　D
　　　　問2　A　B　C　D

三、問答問題

次の質問をよく聞いてください。後の会話の中から答えを見つけて、A、B、C、Dの中から一番いいのを選んで、○をつけてください。

A　B　C　D

正文解釋

譯文

洗手間

最近在辦公大樓的洗手間裡出現一些不合常理的現象。聽打掃的人說，最近在洗手間隔間裡發現了裝茶的保特瓶以及裝飯團的袋子。而且好像不是在別的地方喝了、吃了之後，才扔到這裡的垃圾，好像是在洗手間裡吃的。有人也許會覺得不可思議：「什麼？在洗手間吃飯？」。在這裡我們訪問了實際有過這種經驗的人。他本人回答說：「因為公司裡只有在洗手間才可以一個人獨處。肚子餓的時候，可以很放心地在這裡吃。」這大概也是個人舒解壓力的一種方式吧。

單字

トイレ①		(名)	洗手間
オフィス①		(名)	辦公室
ビル①		(名)	大樓
じょうしき⓪	[常識]	(名)	常識
こえる⓪	[超える]	(自一)	超過；超越
おきる②	[起きる]	(自一)	發生
そうじ⓪	[掃除]	(名・他サ)	打掃
こしつ⓪	[個室]	(名)	單人房
ペットボトル④		(名)	保特瓶
おにぎり②	[お握り]	(名)	飯團
ふくろ③	[袋]	(名)	袋
みつける⓪	[見つける]	(他一)	看到；發現
すてる⓪	[捨てる]	(他一)	扔掉
どうやら①		(副)	總覺得
しょくじ⓪	[食事]	(名・自サ)	（吃）飯
じっさい⓪	[実際]	(名・副)	實際
インタビュー①③		(名・自サ)	採訪，訪問

だって①		(接續)	可是，不過
それに⓪		(接續)	而且
とっても⓪		(副)	非常
ほっと⓪①		(副・自サ)	放心
ストレス②		(名)	壓力
まもる②	[守る]	(他五)	保護；遵守
ほうほう⓪	[方法]	(名)	方法

文法

1．～そうだ：接在用言的終止形後面，表示該訊息不是自己直接獲得的，而是間接聽說的。"聽說……""據說"之意。

（1）入学試験はとても難しいそうです。
聽說入學考試很難。

（2）来春大学院に進学する学生が10人ぐらいいるそうです。
聽說明年春天大約有10位同學要唸研究所。

（3）日本の大学生はあまり勉強しないそうです。
聽說日本的大學生不怎麼用功。

2．～しか～ない："しか"是提示助詞，與後面的否定形式相呼應，表示"只……""僅……"等。

（1）王さんはお茶しか飲みません。
小王只喝茶。

（2）彼には一度しか会いませんでした。
我只見過他一次。

（3）こんな話ができる友だちはあなたしかいません。
可以談這些話的朋友只有你而已。

3．～し、～：為接續助詞，表示並列。可以並列兩個以上的事實作為後項的原因和理由，也可以列舉一項事實作為後項的原因和理由，同時暗示其他原因和理由的存在。"既……又……""……而且……"之意。

（1）今日は雨が降っているし、風もひどくなりそうだし、出かけるのはやめましょう。
今天又是下雨天，風看起來也會變強，就別出去了吧。

（2）朝は早いし、夜は遅くまで残業をするし、サラリーマンの仕事はたいへんです。
早上得早起，晚上又要加班到很晚，薪水階級的工作真夠受的。

（3）近いんですし、どうぞ遊びに来てください。
距離很近，請過來玩。

筆記欄

筆記欄

交際應酬篇

- テレビレポーターの話
- 社員旅行について
- 新入社員への話
- 送別會の相談
- むだをなくそう
- 別れの挨拶

CD 2-13

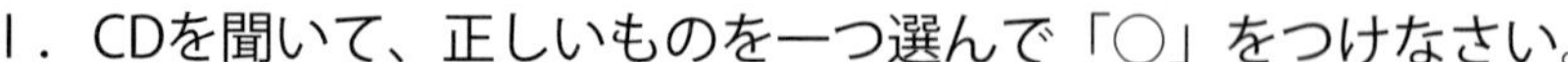

13. テレビレポーターの話

基礎練習

Ⅰ．CDを聞いて、正しいものを一つ選んで「○」をつけなさい。

1．この経済についてのマンガは（A. 子供　B. 大人）のために書かれたものです。

2．この経済についてのマンガは（A. 楽しむ　B. 勉強の）ためのものです。

3．マンガの特徴は（A. いろいろなタイプ　B. 難しい内容）があります。

Ⅱ．CDの内容と同じものには「○」、違うものには「×」をつけなさい。

1．今このテレビレポーターの言っているマンガは子供に書かれたものです。

2．勉強はマンガだけでけっこうです。

3．マンガで書いてあると、専門的な難しい内容がわかりやすくなります。

Ⅲ．次の質問に答えなさい。

1．今このテレビレポーターの言っているマンガはどんなものですか。

2．日本のマンガのタイプがいくつありますか。

3．マンガのいい点はなにかありますか。

Ⅳ．CDを聞いて、次の下線の中に適当な言葉を書きなさい。

あ、みなさん、こんにちは。いま、このほんをよんでいたんですが、＿＿＿＿いいですね。これは＿＿＿＿なんですけど、＿＿＿＿のためにかかれたものです。＿＿＿＿、みてください。ないようは＿＿＿＿についてなんですよ。＿＿＿＿のためのマンガです。

にほんのマンガの＿＿＿＿は、いろいろな＿＿＿＿があることですね。こどものマンガ、おとなのマンガ、そして＿＿＿＿マンガ、べんきょうのためのマンガ。＿＿＿＿べんきょうはマンガだけでは＿＿＿＿です。でも、マンガでかいてあると、＿＿＿＿なむずかしいないようがよくわかります。それがいい＿＿＿＿ですね。今、＿＿＿＿べんきょうのためのマンガが＿＿＿＿うれています。

應用練習

テスト13

一、応答問題

CDの内容をよく聞いてください。A、B、Cの中から一番適当な答えを選んで、○をつけてください。

1　A　B　C

2　A　B　C

3　A　B　C

4　A　B　C

5　A　B　C

二、会話問題

次の会話をよく聞いてください。会話の後は質問がありますが、質問に一番いい答えをA、B、C、Dの中から選んで、○をつけてください。

会話1　問1　A　B　C　D

　　　　問2　A　B　C　D

会話2　問1　A　B　C　D

　　　　問2　A　B　C　D

三、問答問題

次の質問をよく聞いてください。後の会話の中から答えを見つけて、A、B、C、Dの中から一番いいのを選んで、○をつけてください。

A　B　C　D

正文解釋

譯　文

電視記者的報導

大家好。剛才看了這本書，覺得很不錯吧。這是本適合成人的漫畫。請看，內容是關於經濟方面的。可以用來學習。

日本漫畫的特點就是種類很多。有兒童漫畫、成人漫畫以及休閒漫畫、學習漫畫等等。當然只用漫畫來學習是不行的。不過，專業、難懂的內容用漫畫表現出來的話，就會變得淺顯易懂。這是漫畫的優點。目前這種用於學習的漫畫非常暢銷。

單　字

レポーター⓪②		（名）	報導記者
なかなか⓪		（副）	相當
マンガ⓪	[漫画]	（名）	漫畫
おとな⓪	[大人]	（名）	大人
ほら①		（感）	你瞧，你看
ないよう⓪	[内容]	（名）	內容
けいざい①	[経済]	（名）	經濟
とくちょう⓪	[特徴]	（名）	特徵
タイプ①		（名）	類型
たのしむ③	[楽しむ]	（他五）	享受
もちろん②		（副）	當然
だけ		（副助）	只，只有
だめ②		（名・形動）	不行
でも①		（接續）	可是
せんもんてき⓪	[専門的]	（形動）	專業的
むずかしい⓪④	[難しい]	（形）	難
てん⓪	[点]	（名）	點
こういう⓪		（連體）	這樣的

けっこう①		（副）	相當
うれる⓪	[売れる]	（自一）	暢銷

文法

1．**～ために、～**：表示目的。接在"名詞＋の"和動詞的連體形後面。"為了……"之意。

（1）大学に入るために試験を受けます。

為了上大學而參加考試。

（2）試験に合格するためにたくさん勉強します。

為了考試及格而努力用功。

（3）進級するためには期末テストでいい点をとらなければなりません。

為了升級，期末考試必須取得好成績。

2．**だけでは**："だけ"有限定的意思。"で"是格助詞，表示情況或狀態。"だけでは"後接否定意義的詞，表示在某種限定情況下，所出現的否定的結果。

（1）あなた一人だけでは無理でしょう。

光你一個人不行吧。

（2）パンだけではおなかがすきます。

光吃麵包，肚子會餓的。

（3）口で言うだけでは何にもなりません。実際にやってみなければだめです。

光嘴上說是無濟於事的，必須要實際做做看。

3．**～と、～**："と"是接續助詞，接在用言、助動詞的終止形後面，表示假定、確定、恆常等條件，一般不能用命令等表示意志的內容結尾。

（1）春になると、暖かくなります。

一到春天就暖和了。

（2）読んでみると、とてもわかりやすいです。

讀了就知道非常容易懂。

（3）早く行かないと、間に合いません。

如果不早點走的話，會來不及的。

CD 2-14

14. 社員旅行について

基礎練習

Ⅰ. CDを聞いて、正しいものを一つ選んで「○」をつけなさい。

1. 今年の社員旅行は（A. 10日、11日　B. 11日、12日）の一泊二日です。
2. どこの温泉に行くかは、（A. みんな　B. 社長）の希望で決めます。
3. （A. 温泉に行く人だけ　B. みんな）は紙を出します。

Ⅱ. CDの内容と同じものには「○」、違うものには「×」をつけなさい。

1. 社員旅行は毎年温泉に行くことになっています。
2. 社員旅行はどこの温泉にいくかは、会社に決められます。
3. 全部10の温泉について簡単な紹介文があります。

Ⅲ. 次の質問に答えなさい。

1. どこの温泉に行くかは、どう決めますか。
2. これからどんな紙を配りますか。
3. 紙をどうしたらいいですか。

Ⅳ. CDを聞いて、次の下線の中に適当な言葉を書きなさい。

えーと、ことしの＿＿＿＿りょこうのことなんですが、＿＿＿＿は、もうしっているとおもいますが、ろくがつじゅういちにち、じゅうににちの＿＿＿＿です。それで、まいとし＿＿＿＿にいくことは＿＿＿＿いますが、どこのおんせんにいくかは、みんなの＿＿＿＿をきいて、いちばんきぼうがおおかったところにきめます。

それでは、これからおんせんの＿＿＿＿とばしょをかいたかみを＿＿＿＿ます。

えー、ばしょは＿＿＿＿じゅうあります。このなかからいきたいおんせんをひとつ＿＿＿＿マルをつけて、だしてください。どんなおんせんかかんたんな＿＿＿＿もあるので、えらぶときに＿＿＿＿にしてください。それから、＿＿＿＿がわるくて、りょこうにさんかできないひとも、きぼうを＿＿＿＿ので、かみをだしてください。

テスト14

一、応答問題

CDの内容をよく聞いてください。A、B、Cの中から一番適当な答えを選んで、○をつけてください。

1　A　B　C
2　A　B　C
3　A　B　C
4　A　B　C
5　A　B　C

二、会話問題

次の会話をよく聞いてください。会話の後は質問がありますが、質問に一番いい答えをA、B、C、Dの中から選んで、○をつけてください。

会話1　問1　A　B　C　D
　　　　問2　A　B　C　D
会話2　問1　A　B　C　D
　　　　問2　A　B　C　D

三、問答問題

次の質問をよく聞いてください。後の会話の中から答えを見つけて、A、B、C、Dの中から一番いいのを選んで、○をつけてください。

A　B　C　D

譯　文

關於員工旅遊

嗯，關於今年的員工旅遊，我想日程大家都知道了，是6月11號、12號，兩天一夜。每年我們都要去洗溫泉，但是去哪個溫泉，要聽完員工的意見後再決定，我們會去大家最想去的地方。

那麼，現在發給大家各個溫泉的名稱和地址。

嗯，一共有10處。請大家從中選擇一個最想去的，畫上圓圈後交上來。關於每個溫泉都有簡單的介紹，選擇的時候請作參考。還有，抽不出空去參加旅行的人，我們也想了解一下你們想去哪裡，所以也請填好後交上來。

單　字

しゃいん①	[社員]	（名）	公司職員
りょこう⓪	[旅行]	（名・自サ）	旅行
にってい⓪	[日程]	（名）	日程
しる⓪	[知る]	（他五）	知道
はく⓪	[泊]	（接尾）	宿；夜
それで⓪		（接續）	因此
まいとし⓪	[毎年]	（名）	每年
おんせん⓪	[温泉]	（名）	溫泉
きまる⓪	[決まる]	（自五）	決定
きぼう⓪	[希望]	（名・他サ）	希望
ばしょ⓪	[場所]	（名）	地點
かみ②	[紙]	（名）	紙
くばる②	[配る]	（他五）	分發
ぜんぶ①	[全部]	（名）	全部
えらぶ②	[選ぶ]	（他五）	選，挑選
マル⓪		（名）	圈

つける②		（他一）	畫上；打上
だす①	[出す]	（他五）	提交
かんたん⓪	[簡単]	（形動）	簡單
しょうかいぶん③	[紹介文]	（名）	介紹文
さんこう⓪	[参考]	（名・他サ）	參考
つごう⓪	[都合]	（名）	方便；情況
わるい②	[悪い]	（形）	壞，不好

文法

1．**疑問詞～か**：用於將帶有疑問詞的疑問句作為名詞成分代入另一個句子中，作為該句子的一部分。表示不明確。

（1）彼はいつ亡くなったか知っていますか。
　　你知道他是什麼時候去世的嗎？

（2）パーティーにだれを招待したか忘れてしまいました。
　　宴會上請了誰，我都忘了。

（3）人生において重要なのは、何をやったかではなく、いかに生きたかということでしょう。
　　人的一生，重要的不是做了什麼，而是怎樣走過自己的一生。

2．**～ので、～**：“ので”是接續助詞，接在用言、助動詞連體形後面以及“體言＋な＋ので”，表示原因、理由。用“ので”連接的兩個事項一般是客觀存在的，或人們普遍認為的因果關係。因此，後項一般不用推量、意志、命令等形式結尾。

（1）今日は日曜日なので、学校も会社も休みます。
　　因為今天是星期天，學校和公司都休息。

（2）用事があるので、どこへも遊びに行けません。
　　因為有事，哪裡也不能去玩。

（3）天気がいいので、お花見に出かけました。
　　因為天氣好，就出門賞櫻花去了。

3．**～とき、～**：接在“名詞＋の”以及用言連體形後面，表示做某事的時候。“……時候”之意。

（1）子供のとき、田舎の小さな村に住んでいました。
　　小時候，住在鄉下的小村莊中。

（2）父は新聞を読むとき、めがねをかけます。
　　父親看報時戴眼鏡。

（3）朝、人と会ったときは、「おはようございます」と言います。

早上遇到人時候要說「早安」。

筆記欄

15. 新入社員への話

基礎練習

Ⅰ. CDを聞いて、正しいものを一つ選んで「○」をつけなさい。

1．研修は（A. 三日間　B. 三週間）です。

2．研修は（A. 二つ　B. 三つ）のグループに分かれます。

3．（A. Aグループの人　B. Bグループの人）は残ります。

Ⅱ. CDの内容と同じものには「○」、違うものには「×」をつけなさい。

1．新入社員はみんな一緒に研修を受けます。

2．新入社員は研修を受ける人数が少なくありません。

3．Aグループの人はこれから仕事を始めます。

Ⅲ. 次の質問に答えなさい。

1．Aグループの人はいつからいつまで研修を受けますか。

2．Bグループの人はいつからいつまで研修を受けますか。

3．Bグループの人はこれからなにをしますか。

Ⅳ. CDを聞いて、次の下線の中に適当な言葉を書きなさい。

おはようございます。えー、________しゃいんのみなさん、あしたから________がはじまります。これがその________です。けんしゅうはみっかかんですが、________がおおいので、ふたつの________にわかれます。

Aのグループはあしたからきんようびまでのみっかかんです。そしてBのグループはらいしゅうのげつようびからみっかかんです。だれが________のグループかは、このプログラムにかいてあります。________ないようにしてください.

それでは、Aグループのひとは、けんしゅうに________なものを________ので、ここに________ください。Bのグループのひとはじぶんのかに________、しごとをはじめてください。

テスト15

一、応答問題

CDの内容をよく聞いてください。A、B、Cの中から一番適当な答えを選んで、○をつけてください。

1　A　B　C
2　A　B　C
3　A　B　C
4　A　B　C
5　A　B　C

二、会話問題

次の会話をよく聞いてください。会話の後は質問がありますが、質問に一番いい答えをA、B、C、Dの中から選んで、○をつけてください。

会話1　問1　A　B　C　D
　　　　問2　A　B　C　D
会話2　問1　A　B　C　D
　　　　問2　A　B　C　D

三、問答問題

次の質問をよく聞いてください。後の会話の中から答えを見つけて、A、B、C、Dの中から一番いいのを選んで、○をつけてください。

A　B　C　D

譯　文

對新進員工的談話

早安。嗯，各位新進人員，從明天開始就要進行培訓。這是行程安排。培訓時間為三天，由於人數眾多，所以我們把大家分成兩個小組。

A組的培訓從明天開始到星期五，一共三天。B組的培訓從下周一開始，一共三天。誰在哪一組都寫在行程表上，千萬不要弄錯。

接下來給A組分發培訓用的必需物品，A組的成員請留下來。B組的成員請回自己的課裡開始工作。

單　字

しんにゅう⓪	[新入]	（名）	新加入
しゃいん①	[社員]	（名）	公司職員
けんしゅう⓪	[研修]	（名・他サ）	進修；培訓
プログラム③		（名）	計劃；行程安排
にんずう①	[人数]	（名）	人數
グループ②		（名）	小組
わかれる③	[分かれる]	（自一）	分開；分離
どちら①		（代）	哪裡；哪個；哪位
まちがえる④③	[間違える]	（他一）	錯；弄錯
ひつよう⓪	[必要]	（名・形動）	需要；必需
わたす⓪	[渡す]	（他五）	給，交給
のこる②	[残る]	（自五）	留，留下
じぶん⓪	[自分]	（代）	自己
か①	[課]	（名）	課
もどる②	[戻る]	（自五）	回來；回去
しごと⓪	[仕事]	（名）	工作
はじめる⓪	[始める]	（他一）	開始

文法

1．～から～まで～：表明起點和終點，表示距離或時間的範圍等。

（1）ここから目的地までは10キロほどあります。

從這裡到目的地大約有10公里左右。

（2）10日から15日まで休みます。

從10號休息到15號。

（3）子どもから大人まで楽しめる番組です。

從小孩到大人都可以看的節目。

2．～てある：接在他動詞的連用形後面。表示某事物保持著某人動作結果所造成的狀態。某事物用格助詞“が”表示。這種表達方式往往用於描寫或情景說明。

（1）テーブルに食器が並べてあります。

桌上擺著餐具。

（2）冷たい風が入らないように、窓が閉めてあります。

為了避免冷風吹進來，窗戶關上了。

（3）今日の試合に備えて、たっぷり寝てあるから、体調は万全です。

為了準備今天的比賽，好好地睡了一覺，所以身體狀況毫無問題。

3．～ようにする：接在動詞的連體形或者否定形（ない形）後面，表示為實現某種目標而努力的意思。“努力……”“做到……”之意。

（1）明日から、もっと早く起きるようにします。

從明天開始，我要更早一點起床。

（2）授業におくれないようにします。

我要做到上課不遲到。

（3）電話をかけるのを忘れないようにしてください。

請不要忘了打電話。

CD 2-16

16. 送別會の相談

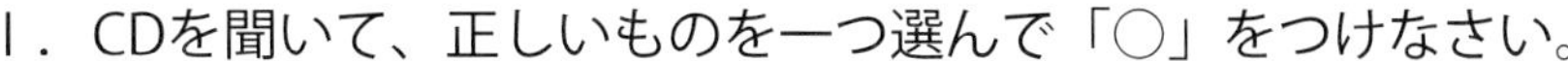

基礎練習

Ⅰ. CDを聞いて、正しいものを一つ選んで「○」をつけなさい。

1．山本係長は（A．今月　B．今年）で会社をやめることになりました。

2．係長のために（A．歓迎会　B．送別会）を開こうと思っています。

3．今日（A．係長　B．小川さん）は来ていません。

Ⅱ. CDの内容と同じものには「○」、違うものには「×」をつけなさい。

1．山本係長はこれから一人でイタリア料理のレストランへ食事に行きます。

2．この人たちは山本係長になにかあげようと考えています。

3．この人たちは明日もう一度集まります。

Ⅲ. 次の質問に答えなさい。

1．山本係長はどうなりましたか。

2．山本係長のために何をしようと思っていますか。

3．明日は何をする予定ですか。どうしてですか。

Ⅳ. CDを聞いて、次の下線の中に適当な言葉を書きなさい。

すみません、いそがしいのに、_______もらって。ええと、やまもと_______はこんげつでかいしゃを_______ことになったのは、もうきいていますよね。_______、かかりちょうのすきな_______りょうりの_______で、_______をこんげつひらいたらどうかなあとおもっています。_______、たいへんお_______になったので、_______もなにかあったほうがいいとおもうんです。ひとりせんえん_______だして、じゅうにんいるから、ぜんぶでいちまんえん。_______なにかかったらどうかなあとおもっています。

でも、きょうきていないおがわさんの_______もきかないときめられませんね。それじゃ、あしたおがわさんがきたら、もういちどあつまって、そうべつかいの_______とばしょもそのとき、きめましょう。_______きめたほうがいいですからね。

テスト16

一、応答問題

CDの内容をよく聞いてください。A、B、Cの中から一番適当な答えを選んで、○をつけてください。

1　A　B　C

2　A　B　C

3　A　B　C

4　A　B　C

5　A　B　C

二、会話問題

次の会話をよく聞いてください。会話の後は質問がありますが、質問に一番いい答えをA、B、C、Dの中から選んで、○をつけてください。

会話1　問1　A　B　C　D

　　　　問2　A　B　C　D

会話2　問1　A　B　C　D

　　　　問2　A　B　C　D

三、問答問題

次の質問をよく聞いてください。後の会話の中から答えを見つけて、A、B、C、Dの中から一番いいのを選んで、○をつけてください。

A　B　C　D

正文解釋

譯文

商量歡送會事宜

很對不起，讓大家百忙之中抽空過來。嗯，大家已經聽說了山本股長這個月要從公司辭職的事情了吧。因此，我想這個月在股長喜歡的義大利餐廳開個歡送會。還有，平時一直受到他的照顧，所以想一起給他送點禮物什麼的。每個人出1000日元，10個人總共是1萬日元。就用這個買點什麼。

不過，因為小川今天沒有來，不問問他的意見，我們還不能確定最後的結論。那麼，等明天小川來了之後，大家再集合，商量一下歡送會的日期和地點吧。我覺得還是早點確定下來比較好。

單字

そうべつかい④	[送別会]	(名)	送別會，歡送會
そうだん⓪	[相談]	(名・他サ)	商量
あつまる③	[集まる]	(自五)	集合
ええと⓪		(感)	這個……；那個……
かかりちょう③	[係長]	(名)	股長；主任
やめる⓪	[辞める]	(他一)	辭去，辭掉
イタリア⓪		(名)	義大利
レストラン①		(名)	餐廳，飯店
ひらく②	[開く]	(他五)	開；舉辦
かな		(終助)	嗎，呢
ずつ		(副助)	每，各
ぜんぶ①	[全部]	(名)	全部
なにか①	[何か]		什麼
いけん①	[意見]	(名)	意見
きめる⓪	[決める]	(他一)	決定
ひにち⓪	[日日]	(名)	日期

そのとき	[その時]	（名）	那時
はやい②	[早い]	（形）	早；快

文法

1．**～のに、～**：接續助詞"のに"接在用言連體形和"名詞＋な"後面，表示逆接。連接起來的句子往往都有意外、不滿、埋怨等語感。"雖然……卻……""居然……"之意。

（1）5月なのに真夏のように暑いです。
　　才到5月卻像盛夏一般炎熱。

（2）家が近いのによく遅刻します。
　　家雖近卻總是遲到。

（3）雨が降っているのに出かけていった。
　　下著雨還是出門了。

2．**～ことになる**：接在動詞連體形後面，表示某個團體或組織做出某種決定、達成某種共識、得出某種結果，與主體的主觀意志無關。"決定……"之意。

（1）運動会は来週の土曜日にすることになりました。
　　已決定下周六舉行運動會。

（2）今度大阪支社に行くことになりました。
　　我這次調到大阪分公司。

（3）二人でよく話し合った結果、やはり離婚するのが一番いいということになりました。
　　兩個人一再溝通的結果，決定還是離婚最好。

3．**～たほうがいい**：用於說話人認為這樣較好，向聽話人提出勸告或建議時。一般接動詞的過去形、否定形。"最好是……""還是……比較好"之意。

（1）お酒はやめたほうがいいです。
　　酒還是戒了的好。

（2）疲れているんだから、早く寝たほうがいいでしょう。
　　你累了，還是早點睡的好。

（3）あの人おしゃべりだから、話さないほうがいいんじゃない。
　　那個人很多嘴，最好是不要跟他說。

CD 2-17

17. むだをなくそう

基礎練習

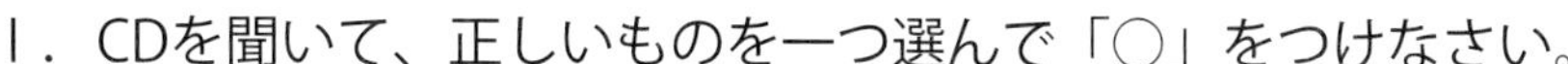

Ⅰ．CDを聞いて、正しいものを一つ選んで「○」をつけなさい。

1．（A. 月・火・金の午後　B. 毎朝15分）、ミーティングをする。

2．東京から大阪まで出張のとき、（A. 新幹線　B. 飛行機）に乗る。

3．作ったレポートを（A. コピーして、ファクスで　B. イーメール）で送る。

Ⅱ．CDの内容と同じものには「○」、違うものには「×」をつけなさい。

1．木曜日、7時まで働く。

2．札幌から仙台まで出張のとき、朝行って、夜帰る。

3．夏は毎日エアコンをつける。

Ⅲ．次の質問に答えなさい。

1．ミーティングのときは、どうしたらいいか。

2．夏は今年からどんなかっこうで会社へ来てもいいか。

3．どんなむだをなくすか、まとめなさい。

Ⅳ．CDを聞いて、次の下線の中に適当な言葉を書きなさい。

AMCの＿＿＿＿がアたらしい＿＿＿＿についてはなしています。

みなさん、ことしの＿＿＿＿は「むだをなくそう」です。いままでの＿＿＿＿をかえて、いろいろなむだをなくしましょう。まず、じかんは＿＿＿＿です。かいぎはじかんのむだです。いままで、＿＿＿＿ごごかいぎをしていましたが、これからながいかいぎは＿＿＿＿ないで、まいあさじゅうごふん＿＿＿＿をします。＿＿＿＿のときは、すわらないで、たってします。

＿＿＿＿もおおいです。これからは＿＿＿＿しないで、ごじまでに＿＿＿＿をおわってください。それから、むだなおかねもつかいません。＿＿＿＿はにほんのなかだったら、＿＿＿＿にはとまらないで、あさいって、よるかえってください。また、＿＿＿＿でいけるところは＿＿＿＿をつかわないで、＿＿＿＿にのってください。

＿＿＿＿のむだづかいもおおいです。ほんとうに＿＿＿＿がいるときだけしてください。しりょうは＿＿＿＿でおくらないで、＿＿＿＿でおくってください。＿＿＿＿のむだもなくします。のみものの＿＿＿＿はらいげつからありません。＿＿＿＿はにじゅうはちどよりあついひしかつけてはいけません。なつはことしから＿＿＿＿のうわぎはきないで、＿＿＿＿＿だけでかいしゃへきてもいいです。では、みなさん、きょうから＿＿＿＿＿ください。

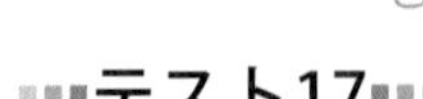

応用練習

テスト17

一、応答問題

CDの内容をよく聞いてください。A、B、Cの中から一番適当な答えを選んで、○をつけてください。

1　A　B　C

2　A　B　C

3　A　B　C

4　A　B　C

5　A　B　C

二、会話問題

次の会話をよく聞いてください。会話の後は質問がありますが、質問に一番いい答えをA、B、C、Dの中から選んで、○をつけてください。

会話1　問1　A　B　C　D

　　　　問2　A　B　C　D

会話2　問1　A　B　C　D

　　　　問2　A　B　C　D

三、問答問題

次の質問をよく聞いてください。後の会話の中から答えを見つけて、A、B、C、Dの中から一番いいのを選んで、○をつけてください。

A　B　C　D

譯文

杜絕浪費

AMC的經理在對新的規章進行說明。

各位，今年的目標是「杜絕浪費」。讓我們一起來改變以往的工作方式，杜絕各式各樣的浪費。首先，時間特別寶貴。開會很浪費時間。至今為止，大多是在下午開會，以後會議時間縮短，改為每天開早會15分鐘。開會時，不坐著，都站著。

加班也很多。以後不加班，請5點之前結束工作。還有，要節省費用。在日本國內出差的話，就不住飯店，早上出發，當天晚上回來。另外，能坐新幹線去的地方，就不要搭飛機，請搭新幹線。

紙的浪費也很嚴重。實在需要的時候，才可以影印。資料的話，不用傳真，用電子郵件傳送。而且還要省電。從下個月開始，取消飲料自動販賣機。空調在溫度超過28度以上時才可以打開。從今年夏天開始，可以不穿西裝外套，穿襯衫來公司就可以了。那麼，各位，從今天開始一起努力吧！

單字

むだ⓪	[無駄]	（名・形動）	徒勞；浪費
なくす⓪	[無くす]	（他五）	丟失，喪失；消除
きそく②①	[規則]	（名）	規則
もくひょう⓪	[目標]	（名）	目標
はたらきかた	[働き方]	（名）	工作方法
かえる⓪	[変える]	（他一）	改變
ミーティング⓪		（名）	會議
すわる⓪	[座る]	（自五）	坐
たつ①	[立つ]	（自五）	站
ざんぎょう⓪	[残業]	（名・自サ）	加班
おわる⓪	[終わる]	（自五）	結束
しゅっちょう⓪	[出張]	（名・自サ）	出差

ホテル①		（名）	旅館
とまる⓪	[泊まる]	（自五）	住宿
しんかんせん③	[新幹線]	（名）	新幹線
ひこうき②	[飛行機]	（名）	飛機
かみ②	[紙]	（名）	紙
コピー①		（名・他サ）	影印
ほんとうに	[本当に]	（副）	實在
いる⓪	[要る]	（自五）	需要
ファクス①		（名）	傳真
おくる⓪	[送る]	（他五）	發，送
イーメール③		（名）	電子郵件
じどうはんばいき⑥	[自動販売機]	（名）	自動販賣機
エアコン⓪		（名）	空調
スーツ①		（名）	套裝；西裝
うわぎ⓪	[上着]	（名）	上衣
きる⓪	[着る]	（他一）	穿
シャツ①		（名）	襯衫

文法

1．～ましょう：接在動詞連用形後，表示第一人稱主動承擔某事和建議或者勸誘對方與自己一起做某事。

（1）部屋の掃除はわたしがやりましょう。

房間的打掃由我來做吧。

（2）わたしが切符を買いに行きましょう。

我去買票吧。

（3）一緒に帰りましょう。

一起回去吧。

2．～ないで、～：接在動詞的連體形後面，表示前提狀態、並列和原因等。“没……就……”“没……而……”“因為没……”之意。

（1）彼女は一生結婚しないで独身を通しました。

她一輩子没結婚一直過著單身生活。

（2）かさを持たないで出かけて雨に降られてしまいました。

没拿雨傘就出門，結果淋到雨了。

（3）予約しないで行ったら、満席で入れませんでした。

没有預定座位就去了，結果客滿進不去。

3．**～てもいい**：接在動詞、形容詞、助動詞連用形或體言、形容動詞語幹後面。表示允許做某事的句型，“也可以……”之意。

（1）今すぐ初めてもいいです。

也可以現在馬上開始。

（2）値段が高くてもいいです。

價格貴一點也可以。

（3）明日でもいいですか。

明天可以嗎？

筆記欄

CD 2-18

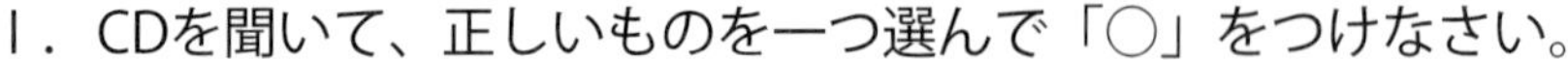

18. 別れの挨拶

基礎練習

Ⅰ．CDを聞いて、正しいものを一つ選んで「○」をつけなさい。

1．田中部長は今日で（A．3周年　B．35年）の会社生活が終わりました。

2．腹が減ったら、いい仕事が（A．できる　B．できない）。

3．社員旅行で（A．話し手　B．社員）が困っていたとき、部長が一緒に歌ってくださいました。

Ⅱ．CDの内容と同じものには「○」、違うものには「×」をつけなさい。

1．田中部長は今日で定年退職することになりました。

2．残業したとき、わたしは田中部長をぎゅうどんに連れていきました。

3．話し手は田中部長に対して、感謝の気持ちでいっぱいです。

Ⅲ．次の質問に答えなさい。

1．『腹が減ってはいくさができぬ』とは何の意味ですか。

2．話し手が病気で会社を休んだとき、田中部長は何をしてくれましたか。

3．社員旅行で、田中部長は何をしてくれましたか。

Ⅳ．CDを聞いて、次の下線の中に適当な言葉を書きなさい。

たなか＿＿＿＿、きょうでさんじゅうごねんのかいしゃせいかつが＿＿＿＿、あしたからはあたらしいせいかつが＿＿＿＿んですね。おめでとうございます。わたしはぶちょうにいろいろおせわになて、たくさんのことを＿＿＿＿いただきました。＿＿＿＿したとき、「＿＿＿＿がへっては＿＿＿＿ができぬ。まずたべよう」といって、＿＿＿＿をたべにつれていってくださいました。『はらがへってはいくさができぬ』は『＿＿＿＿がすいたら、いいしごとができない』という＿＿＿＿だとおしえてくださいました。＿＿＿＿になったときも、＿＿＿＿にきてくださいました。しゃいんりょこうでなにか＿＿＿＿といわれて、＿＿＿＿いたとき、ぶちょうがいっしょにうたってくださいました。たなかぶちょう、ありがとうございました。＿＿＿＿におつかれさまでした。

テスト18

一、応答問題

CDの内容をよく聞いてください。A、B、Cの中から一番適当な答えを選んで、○をつけてください。

1　A　B　C

2　A　B　C

3　A　B　C

4　A　B　C

5　A　B　C

二、会話問題

次の会話をよく聞いてください。会話の後は質問がありますが、質問に一番いい答えをA、B、C、Dの中から選んで、○をつけてください。

会話1　問1　A　B　C　D

　　　　問2　A　B　C　D

会話2　問1　A　B　C　D

　　　　問2　A　B　C　D

三、問答問題

次の質問をよく聞いてください。後の会話の中から答えを見つけて、A、B、C、Dの中から一番いいのを選んで、○をつけてください。

A　B　C　D

譯文

臨別致詞

田中部長，您今天要結束35年的公司生活，明天開始新的生活了。我在此表示衷心的祝賀。部長教了我很多事情。加班的時候，您說：「餓著肚子打不了仗。先吃點東西吧」，就帶著我去吃牛肉蓋飯。「餓著肚子打不了仗」的意思就是「肚子餓了的話，就不能好好地工作」，這是您教我的。我生病時，您還特意來看我。員工旅遊時，我因為有人叫我唱歌而感到為難的時候，部長您就和我一起唱。田中部長，真的謝謝您。您辛苦了。

單字

わかれ③	[別れ]	（名）	離別
あいさつ①	[挨拶]	（名・自サ）	寒暄，打招呼
ぶちょう⓪	[部長]	（名）	部長
はじまる⓪	[始まる]	（自五）	開始
ざんぎょう⓪	[残業]	（名・自サ）	加班
はら②	[腹]	（名）	肚子
へる⓪	[減る]	（自五）	餓；減少
いくさ⓪③	[戦]	（名）	戰爭
できる②	[出来る]	（自一）	能，會
ぎゅうどん⓪	[牛丼]	（名）	牛肉蓋飯
つれる⓪	[連れる]	（他一）	帶；領
おなか⓪		（名）	肚子
すく⓪	[空く]	（自五）	空；空蕩
いみ①	[意味]	（名）	意思
びょうき⓪	[病気]	（名）	生病
みまい⓪	[見舞い]	（名）	探望
こまる②	[困る]	（自五）	為難

うたう⓪　　[歌う]　（他五）　唱
ほんとう⓪　　[本当]　（名・形動）　真實；的確

文 法

1．**～てもらう／いただく**：說話人或別人為了讓自己受益，而讓對方或其他人做……，並且接受對方或其他人的恩惠行為。對長輩用"ていただく"，對平輩的人、晚輩、下屬用"てもらう"。但敘述家庭成員之間的授受關係時，一般用"てもらう"。

（1）田中さんは友だちに写真をとってもらいました。
　　田中請朋友幫他照了相。
（2）先生に紹介状を書いていただきました。
　　請老師幫我寫了封介紹信。
（3）子どもは母親においしい食べ物を買ってもらいました。
　　孩子讓媽媽給買了好吃的東西

2．**～へ～を～に行く（来る）**：表示來（去）目的的句型。"へ"表示來（去）的場所，"に"表示來（去）的目的。目的部分可以是"動詞連用形＋に"，也可以是"サ變動詞語幹＋に"的形式。後接續的動詞一般是"行く""来る""帰る""もどる"等表示移動的動詞。

（1）レストランへフランス料理を食べに行きます。
　　去西餐館吃法國菜。
（2）デパートへ買い物に行きました。
　　去百貨公司買東西。
（3）なにをしに台北へ来ましたか。
　　來台北做什麼？

3．**～てくれる／くださる**：表示別人為自己或自己一方的人熱情地做……。對長輩用"～てくださる"，對其他人用"～てくれる"。 向他人談起家人替自己做什麼時，也用"～てくれる"。

（1）鈴木さんが自転車を修理してくれました。
　　鈴木幫我修理了自行車。
（2）子どものとき、母は私たちにまんがをよく読んでくれました。
　　小時候，媽媽常給我們讀漫畫。
（3）社長は私の両親にプレゼントを買ってくださいました。
　　董事長為我父母買了禮物。

筆記欄

説明解釈篇

- アトラス
- マザーテレサ
- 言葉の説明
- 人の生活パターン
- 自動翻訳機
- 人生の節目

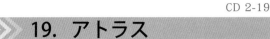

CD 2-19

19. アトラス

基礎練習

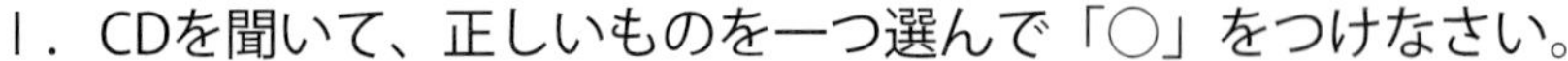

Ⅰ．CDを聞いて、正しいものを一つ選んで「○」をつけなさい。

1．アトラスは（A. 猫　B. 子ども）の形をしているロボットです。

2．アトラスは（A. 子どもやお年寄り　B. トニー）によって設計されました。

3．アトラスは覚えるのが（A. 速い　B. 遅い）です。

Ⅱ．CDの内容と同じものには「○」、違うものには「×」をつけなさい。

1．この工場では、アトラスが1年に300台ぐらい作られています。

2．今、アトラスはあまり使われていません。

3．アトラスはスポーツが苦手です。

Ⅲ．次の質問に答えなさい。

1．今、アトラスはどんなところで人気がありますか。

2．アトラスはどんなことができますか。

3．トニーの夢は何ですか。

Ⅳ．CDを聞いて、次の下線の中に適当な言葉を書きなさい。

みなさん、このこうじょうでは＿＿＿＿な「アトラス」がつくられています。アトラスはねこのかたちの＿＿＿＿で、わたしたちのかいしゃ「トニー」のわかい＿＿＿＿のグループによって＿＿＿＿されました。このこうじょうでは、いっかげつににひゃくだい＿＿＿＿つくられています。いま、アトラスはいろいろな＿＿＿＿でつかわれています。＿＿＿＿ちいさいこどもや＿＿＿＿がいるいえで、とても＿＿＿＿があります。アトラスはいろいろなことができます。いっしょに＿＿＿＿し、かんたんなしごともてつだえます。からだが＿＿＿＿ですから、＿＿＿＿はじょうずではありませんが、うごきかたがとても＿＿＿＿といわれます。また、＿＿＿＿がよくて、おしえれば、ことばを＿＿＿＿ますから、おはなしをしたり、うたをうたったりします。かんたんなしつもんにもこたえられます。＿＿＿＿はなしても、＿＿＿＿つかれませんから、おとしよりとなんかいでも＿＿＿＿はなしができます。いま、アトラスはこどもとおとしよりの「＿＿＿＿のおともだち」とよばれて、さいきん、＿＿＿＿がつくられました。アトラスでせかいはひとつ……これがわたしたち、トニーの＿＿＿＿です。

應用練習

テスト19

一、応答問題

CDの内容をよく聞いてください。A、B、Cの中から一番適当な答えを選んで、○をつけてください。

1　A　B　C

2　A　B　C

3　A　B　C

4　A　B　C

5　A　B　C

二、会話問題

次の会話をよく聞いてください。会話の後は質問がありますが、質問に一番いい答えをA、B、C、Dの中から選んで、○をつけてください。

会話1　問1　A　B　C　D

　　　　問2　A　B　C　D

会話2　問1　A　B　C　D

　　　　問2　A　B　C　D

三、問答問題

次の質問をよく聞いてください。後の会話の中から答えを見つけて、A、B、C、Dの中から一番いいのを選んで、○をつけてください。

A　B　C　D

譯　文

阿特拉斯

各位，著名的「阿特拉斯」就是在這個工廠生產的。「阿特拉斯」是形狀像貓的機器人，他是由我們公司「湯尼」的年輕工程師們設計的。這個工廠一個月生產200台左右。現在，「阿特拉斯」可用在很多地方。尤其是在有小孩和老人的家庭特別受歡迎。「阿特拉斯」會做很多事情。既可以一起玩，也能幫忙做一些簡單的工作。由於身體很胖，所以運動不怎麼在行，但移動起來特別可愛。還有，他腦子非常聰明，一教就能記住，有時說話，有時唱歌，還能回答簡單的問題。無論說多少話，他都不會累，可以和老人就相同的事情說好幾次。現在「阿特拉斯」已經被認為是小孩和老人「最好的朋友」，最近還成立了粉絲俱樂部。「阿特拉斯」讓世界成為一體，這就是我們湯尼的理想。

單　字

つくる②	[作る]	(他五)	製造
かたち⓪	[形]	(名)	形狀
ロボット①②		(名)	機器人
エンジニア③		(名)	工程師
グループ②		(名)	小組
せっけい	[設計]	(名・他サ)	設計
だい①	[台]	(接尾)	輛；架；台
ぐらい		(副助)	大約；左右
ところ⓪	[所]	(名)	地方
とくに①	[特に]	(副)	特別；尤其
としより③④	[年寄り]	(名)	老人
てつだう③	[手伝う]	(他五)	幫忙
からだ⓪	[体]	(名)	身体
ふとい②	[太い]	(形)	粗

スポーツ②		（名）	體育（運動）
かわいい③	[可愛い]	（形）	可愛
あたま③②	[頭]	（名）	頭；頭腦
おぼえる③	[覚える]	（他一）	記住；掌握
いくら①		（副）	無論怎麼……也……
ぜんぜん⓪	[全然]	（副）	完全，全然
つかれる③	[疲れる]	（自一）	累，疲勞
おなじ⓪	[同じ]	（連體）	相同，一樣
よぶ⓪	[呼ぶ]	（他五）	叫，叫做
ファン①		（名）	……迷；愛好者
クラブ①		（名）	俱樂部
ゆめ②	[夢]	（名）	理想；夢想

文法

1．**～（ら）れる**：日語被動態，由動詞未然形後接被動助動詞「れる」「られる」構成，相當於中文的"被""挨""受"等意思。

（1）私は母にしかられました。
　　我被母親罵了。

（2）私は彼から多くのことを教えられました。
　　我從他那裡學到很多東西。

（3）私は妹にケーキを食べられてしまいました。
　　我的點心被妹妹吃掉了。

2．**～ことができる**：接在動詞連體形後面，表示外部條件允許或者本身有能力做該動詞表明的動作。サ變動詞也可以用"語幹＋できる"的形式。表示"會、能、可以"之意。

（1）私は日本語を話すことができます。
　　我會講日文。

（2）今日お風呂に入ることはできません。
　　今天不能洗澡。

（3）一人で勉強できます。
　　能一個人學習。

3．**いくら～ても、～**：表示"無論多少／多少次／多麼拼命…也…"的意思。用於表示強調程度。

(1) いくら練習してもうまくなりません。

無論怎麼練也練不好。

(2) いくら食べても太りません。

怎麼吃也不胖。

(3) 彼はいくら誘っても一度もパーティーに顔を出してくれません。

無論怎麼邀請他，他一次也不曾在宴會上露臉。

筆記欄

CD 2-20

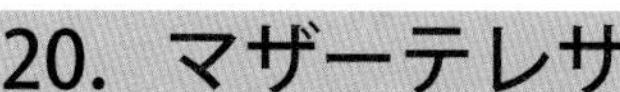

20. マザーテレサ

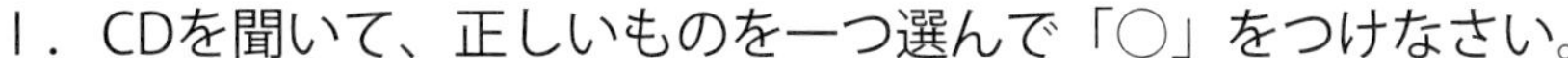

基礎練習

Ⅰ. CDを聞いて、正しいものを一つ選んで「○」をつけなさい。

1．マザーテレサは小さいとき、（A. 子ども　B. 両親）といっしょによく教会へ行きました。

2．マザーテレサは（A. 15歳　B. 18歳）のとき、インドへ行きました。

3．マザーテレサは（A. 2回　B. 3回）日本へ来たことがあります。

Ⅱ. CDの内容と同じものには「○」、違うものには「×」をつけなさい。

1．マザーテレサは1910年にインドのスコピエで生まれました。

2．マザーテレサはインドの学校で10年以上教えていました。

3．マザーテレサはなくなってから、ノーベル賞をもらいました。

Ⅲ. 次の質問に答えなさい。

1．マザーテレサはどうしてインドへ行ったんですか。

2．マザーテレサはインドへ行ってから、何をしましたか。

3．マザーテレサはいつ日本へ来たんですか。

Ⅳ. CDを聞いて、次の下線の中に適当な言葉を書きなさい。

マザーテレサはせんきゅうひゃくじゅうねんに＿＿＿＿のふるいまち、＿＿＿＿でうまれたのです。こどものとき、かのじょはよく＿＿＿＿といっしょに＿＿＿＿へいきました。

テレサはじゅうごさいぐらいのとき、きょうかいのひとから＿＿＿＿についていろいろききましたので、インドへいこうとけっしんしました。インドへいって、＿＿＿＿のひとやびんぼうにんの＿＿＿＿たいとおもいました。＿＿＿＿せんきゅうひゃくにじゅうはちねん、かのじょがじゅうはっさいのとき、インドへいきました。

せんきゅうひゃくさんじゅういちねんからせんきゅうひゃくよんじゅうはちねんまでインドのがっこうで＿＿＿＿ました。せんきゅうひゃくよんじゅうはちに＿＿＿＿をやめてから、びょうきのひとやりょうしんがいないこどものうちを＿＿＿＿ました。

せんきゅうひゃくななじゅうきゅうねんじゅうにがつ、ろくじゅうきゅうさいのとき、テレサは＿＿＿＿をもらいました。

マザーテレサは＿＿＿＿にほんへきたことがあります。それはななじゅういっさいとななじゅうにさいとななじゅうよんさいのときです。にかいめににほんへきたとき、＿＿＿＿＿へいって、＿＿＿＿＿をしました。せんきゅうひゃくきゅうじゅうななねんに＿＿＿＿ました。はちじゅうななさいでした。

テスト20

一、応答問題

CDの内容をよく聞いてください。A、B、Cの中から一番適当な答えを選んで、○をつけてください。

1　A　B　C
2　A　B　C
3　A　B　C
4　A　B　C
5　A　B　C

二、会話問題

次の会話をよく聞いてください。会話の後は質問がありますが、質問に一番いい答えをA、B、C、Dの中から選んで、○をつけてください。

会話1　問1　A　B　C　D
　　　　問2　A　B　C　D
会話2　問1　A　B　C　D
　　　　問2　A　B　C　D

三、問答問題

次の質問をよく聞いてください。後の会話の中から答えを見つけて、A、B、C、Dの中から一番いいのを選んで、○をつけてください。

A　B　C　D

譯文

德蕾莎修女

德蕾莎修女於1910年出生在歐洲古老的城鎮—司科別。小的時候，經常和父母一起去教堂。

德蕾莎15歲的時候，從教堂的人那裡得知很多有關印度的事情。因此，她很想去印度，希望到了那裡以後，能幫助病人和貧困的人。1928年當她18歲的時候，去了印度。

從1931年到1948年，她在印度的學校教書。1948年辭去教師的工作後，為病人和沒有父母的孩子建立了自己的家。

1979年12月69歲時，德蕾莎獲得了諾貝爾獎。

德蕾莎修女來過日本3次，分別是71歲、72歲和74歲的時候。第2次來日本的時候，她到長崎做了禱告。1997年去世，享年87歲。

單字

マザー①		（名）	母親；聖母
ヨーロッパ③		（名）	歐洲
まち②	[町]	（名）	城鎮
スコピエ		（名）	司科別
うまれる⓪	[生まれる]	（自一）	出生
きょうかい⓪	[教会]	（名）	教會
インド①		（名）	印度
そして⓪		（接續）	然後；而且
びょうき⓪	[病気]	（名）	生病
やくにたつ④	[役に立つ]		有用
きょうし①	[教師]	（名）	教師
やめる⓪	[辞める]	（他一）	辭去，辭掉
つくる②	[作る]	（他五）	做；建造

ノーベルしょう④	[ノーベル賞]	（名）	諾貝爾獎
もらう⓪		（他五）	得到
ながさき④	[長崎]	（名）	長崎
いのり③	[祈り]	（名）	祈禱
なくなる⓪	[亡くなる]	（自五）	去世

文法

1．**～について**：表示就某話題進行解釋說明。“關於……”之意。

（1）この問題について、もう少し説明します。
　　關於這個問題，再說明一下。

（2）料理について、私はぜんぜんわかりません。
　　關於烹飪我是一竅不通。

（3）今日は公害について話したいです。
　　今天我想談談關於公害的問題。

2．**～をもらう/いただく**：說話人或別人從對方或其他人得到東西時的表達方式。對長輩用“いただく”，對平輩、晚輩、下屬用“もらう”。但一般向他人講述從自己家人那裡得到什麼時，要用“もらう”。

（1）私は友だちに誕生日のプレゼントをもらいました。
　　我收到了朋友給我的生日禮物。

（2）今父から電話をもらいました。
　　剛才接到父親的來電。

（3）昨日山田先生から手紙をいただきました。
　　昨天收到了山田老師的來信。

3．**～たことがある**：表示曾有過某種經歷，其否定式是“～たことが（は）ありません”。前面的動詞要求用過去式。“曾經（不曾）……過”之意。

（1）犬を飼ったことがあります。
　　養過狗。

（2）近所の人に迷惑をかけたことがあります。
　　曾經給鄰居帶來過麻煩。

（3）ペットにかまれたことはありません。
　　没有被寵物咬過。

CD 2-21
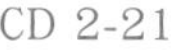

21．言葉の説明

基礎練習

Ⅰ．CDを聞いて、正しいものを一つ選んで「○」をつけなさい。

1．「こだわる」の第一の意味は（A．プラス　B．マイナス）の意味です。

2．「本場の味にこだわってカレーを作る」の「こだわる」は（A．プラス　B．マイナス）の意味です。

3．（A．お金にこだわる　B．色にこだわる）はその人の個性の一つだと考えるようになりました。

Ⅱ．CDの内容と同じものには「○」、違うものには「×」をつけなさい。

1．「こだわる」はいい意味でも悪い意味でも使われています。

2．「本場の味にこだわってカレーを作る」の「こだわる」の意味は辞書の第一の意味です。

3．私たちの社会、みんなが個性を大切にしようと考えるようになりました。

Ⅲ．次の質問に答えなさい。

1．「こだわる」の第一の意味は何ですか。

2．「本場の味にこだわってカレーを作る」の「こだわる」は何の意味ですか。

3．私たちの社会、その人の個性の一つとして、何があげられますか。

Ⅳ．CDを聞いて、次の下線の中に適当な言葉を書きなさい。

　みなさんは「＿＿＿＿」ということばをしっていますか。じしょを＿＿＿＿と、まずだいいちのいみとして、「＿＿＿＿ことにたいして、きをつかいすぎてしまう」とかいてあります。＿＿＿＿、わるいいみで、この「こだわる」をつかうということです。

　むかしはこのいみだけでした。＿＿＿＿、さいきんはこれと＿＿＿＿にいいいみで「こだわる」をつかうことがおおくなりました。＿＿＿＿、「ふつうのひとはしないような＿＿＿＿ことにまできをつかって、＿＿＿＿ものをつくる」といういみで、「＿＿＿＿のあじにこだわって＿＿＿＿をつくる」ということもあります。これはむかしにはなかったことです。

　これは、わたしたちのしゃかいが、「あじにこだわる」のも「かたちやいろにこだわる」のも、そのひとの＿＿＿＿のひとつだとかんがえるようになったからではないでしょうか。つまり、ふつうと________ことは、________わるいことではないんだ。こせいを________にしようとみんながかんがえるようになったからだとおもいます。

テスト21

一、応答問題

CDの内容をよく聞いてください。A、B、Cの中から一番適当な答えを選んで、○をつけてください。

1　A　B　C

2　A　B　C

3　A　B　C

4　A　B　C

5　A　B　C

二、会話問題

次の会話をよく聞いてください。会話の後は質問がありますが、質問に一番いい答えをA、B、C、Dの中から選んで、○をつけてください。

会話1　問1　A　B　C　D

　　　　問2　A　B　C　D

会話2　問1　A　B　C　D

　　　　問2　A　B　C　D

三、問答問題

次の質問をよく聞いてください。後の会話の中から答えを見つけて、A、B、C、Dの中から一番いいのを選んで、○をつけてください。

A　B　C　D

正文解釋

譯文

詞語解釋

大家知道「こだわる」這個字詞嗎？查字典的話，首要意義是「つまらないことに對して、気を使いすぎてしまう」（過分關注微不足道的小事）。也就是說，「こだわる」是用在不好的情況下。

以前只有這個意思。可是，最近「こだわる」也多用在和這個意義相反的，好的情況下。比如，「普通の人はしないような細かいことにまで気を使って、おいしいものを作る」（注意一般人不怎麼在意的細節方面，而做出好吃的東西），在這種意義下，可以說「本場の味にこだわってカレーを作る」（講究正宗的味道，做出道地的咖哩）。而這種用法是以前沒有的。

這大概是因為在當今的社會，把「味にこだわる」（講求味道）和「形や色にこだわる」（講究形狀和顏色）看做是個人的一種個性。也就是說，不同於以往，並不是代表不好的事情。我認為這是大家都開始在意自己的個性所造成的結果。

單字

ことば③	[言葉]	（名）	字詞；話
せつめい⓪	[説明]	（名・他サ）	說明
こだわる③	[拘る]	（自五）	拘泥，講究
しる⓪	[知る]	（他五）	知道
じしょ①	[辞書]	（名）	辭典
ひく⓪	[引く]	（他五）	查
つまらない③		（形）	無聊
きをつかう	[気を遣う]		用心；顧慮
つまり①		（副）	也就是說；總之
むかし⓪	[昔]	（名）	從前，過去
ところが③		（接續）	可是
はんたい⓪	[反対]	（名・形動）	相反

たとえば②	[例えば]	（副）	比如
こまかい③	[細かい]	（形）	細小
ほんば⓪	[本場]	（名）	發源地；本地；主要產地
あじ⓪	[味]	（名）	味道
カレー⓪		（名）	咖哩
かたち⓪	[形]	（名）	形狀
いろ②	[色]	（名）	顏色
こせい①	[個性]	（名）	個性
ちがう⓪	[違う]	（自五）	不同
べつに⓪	[別に]	（副）	並（不）；特別

文法

1．**～に対して、～**：接在名詞後面，表示動作指向的對方或者對象。“對……”“向……”之意。

（1）私の質問に対して何も答えてくれませんでした。
　　對我的提問沒有給予任何回答。

（2）彼は女性に対しては親切に指導してくれます。
　　他對女性給予熱情的指導。

（3）私の発言に対して彼は猛烈に攻撃を加えてきました。
　　他對我的發言給予了猛烈的攻擊。

2．**～ということ**：用於敘述詞語、句子的意思和解釋事情。“是說這個意思、是這麼回事”之意。

（1）「灯台もと暗し」とは、身近なことはかえって気がつかないということです。
　　“燈下反倒黑”是說自己對身邊的事反而意識不到的意思。

（2）このことわざの意味は、時間を大切にしないといけないということです。
　　這個諺語的意思是指不可不愛惜時間的意思。

（3）つまり、この商談は成立しないということですか。
　　也就是說這次的談判吹了？

3．**～ようになる／なくなる**：接在動詞連體形或者未然形後面，表示能力或狀態變化的結果。

（1）練習の成果があって、ようやくひらがなが全部読めるようになりました。
　　練習有了成果，總算平假名都會唸了。

（2）このごろ彼はあまり勉強しなくなりました。
　　最近他變得不怎麼用功了。

（3）寒くなると、朝早く起きることができなくなります。

天一冷，就變得無法早起了。

筆記欄

CD 2-22

22. 人の生活パターン

基礎練習

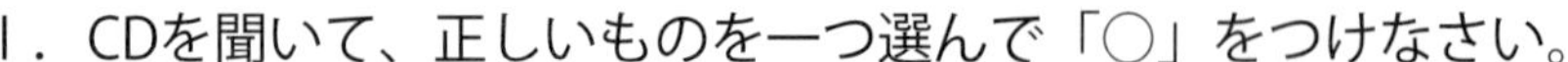

Ⅰ．CDを聞いて、正しいものを一つ選んで「○」をつけなさい。

1．夜は早めに寝て、朝早くすっきり目が覚めるという人は（A. 朝型　B. 夜型）です。

2．ビジネスマンにとっては、（A. 朝型　B. 夜型）のほうが頭が良く働きます。

3．（A. 朝型　B. 夜型）の人は午前中は頭が働かなくて、仕事が良くできません。

Ⅱ．CDの内容と同じものには「○」、違うものには「×」をつけなさい。

1．夜型の人は午前中から頭が良く働くタイプです。

2．夜型の人は夜遅くまで起きています。

3．夜型の人が朝型に変わるのはそんなに難しくないです。

Ⅲ．次の質問に答えなさい。

1．朝型というのはどんな人ですか。

2．ビジネスの世界では、どんな考えが強いですか。

3．体を朝型にするには、どうしたらいいですか。

Ⅳ．CDを聞いて、次の下線の中に適当な言葉を書きなさい。

みなさんは、________ですか。それとも________ですか。あさがたというのは、あさに________ひとです。よるは________ねて、あさはやく________めがさめます。ごぜんちゅうからあたまがよくはたらく________です。よるがたというのはその________で、よるにつよいひとです。

________のせかいでは、あさがたのほうが________でしごとがよくできるというかんがえかたがつよいです。よるがたのばあいは、あさおきても、ごぜんちゅうはあたまがはたらかなくて、しごとがよくできないからです。________、よるがたのひとがあさがたに________のはむずかしいです。________みずでかおをあらえば、そのときはめがさめるかもしれませんが、あとであたまが________してきます。

________、からだをあさがたにするには、おきたらたいようの________をあびることがたいせつなんです。これによっていちにちのからだの________がうまくちょうせいできて、よるにはふつうのじかんにねむくなるのです。これを________ことで、だんだんあさがたにちかづいていきます。

應用練習

テスト22

一、応答問題

CDの内容をよく聞いてください。A、B、Cの中から一番適当な答えを選んで、○をつけてください。

1　A　B　C
2　A　B　C
3　A　B　C
4　A　B　C
5　A　B　C

二、会話問題

次の会話をよく聞いてください。会話の後は質問がありますが、質問に一番いい答えをA、B、C、Dの中から選んで、○をつけてください。

会話1　問1　A　B　C　D
　　　　問2　A　B　C　D
会話2　問1　A　B　C　D
　　　　問2　A　B　C　D

三、問答問題

次の質問をよく聞いてください。後の会話の中から答えを見つけて、A、B、C、Dの中から一番いいのを選んで、○をつけてください。

A　B　C　D

譯文

人的生活模式

大家是早睡早起型，還是晚睡晚起型？早睡早起型指的是早上精神很好的人。晚上睡得早，一大早醒來覺得很清爽。這樣的人從上午開始腦子就很清楚。而晚睡晚起型正好相反，指的是能熬夜的人。

在商業界，早睡早起被認為很健康，而且工作效率高。因為晚睡晚起的人，早上就算能夠早起，上午腦子也不靈活，不能好好地工作。可是，晚睡晚起的人要變成早睡早起是很困難的。若是用冷水洗一下臉，也許當下還能清醒，但過後腦子還是昏昏沉沉的。

其實，要把身體調整為早睡早起型，起來後曬太陽是很重要的。這樣一來，就能夠好好地調整一整天身體的節奏，晚上便能按照正常的時間入睡。久而久之，身體就會漸漸傾向早睡早起型了。

單字

パターン②		（名）	模式；樣式
あさがた	[朝型]		早睡早起型
それとも③		（接續）	或者；還是
よるがた	[夜型]		晚睡晚起型
つよい②	[強い]	（形）	強；擅長
はやめ⓪③	[早め]	（名・形動）	提前；早點
すっきり③		（副・自サ）	痛快；爽快
さめる②	[覚める]	（自一）	醒，醒來
あたま③②	[頭]	（名）	頭
はたらく⓪	[働く]	（自五）	工作
タイプ①		（名）	類型
はんたい⓪	[反対]	（名・形動）	相反
ビジネス①		（名）	商務

けんこうてき⓪	[健康的]	（形動）	健康
しごと⓪	[仕事]	（名）	工作
できる②	[出来る]	（自一）	能，會
しかし②		（接續）	可是
かわる⓪	[変わる]	（自五）	改變
むずかしい⓪④	[難しい]	（形）	難
つめたい⓪③	[冷たい]	（形）	冷；涼
あらう⓪	[洗う]	（他五）	洗
ぼうっと⓪		（副・自サ）	模糊；發呆
じつは②	[実は]	（副）	老實說
からだ⓪	[体]	（名）	身體
たいよう①	[太陽]	（名）	太陽
ひかり③	[光]	（名）	光線
あびる⓪	[浴びる]	（他一）	沐浴；淋浴
たいせつ⓪	[大切]	（形動）	重要；愛惜
リズム①		（名）	節奏
うまい②		（形）	好；高明
ちょうせい⓪	[調整]	（名・他サ）	調整
くりかえす⓪③	[繰り返す]	（他五）	反覆

1．～ば、～：為接續助詞，“ば”接動詞、形容詞、形容動詞的假定形後面，表示假定的順接條件，即前項假定一種情況，後項道出該情況實現時會產生的結果，相當於中文的“如果……”。表示假定順接條件的“ば”後項一般不用過去式結尾。“如果……就……”之意。

（1）あなたが行けば、わたしも行きます。

你去我也去。

（2）雨が降れば、どこへも出かけません。

如果下雨，就哪兒也不去。

（3）明日、もし天気がよければ、テニスをしますが、よくなければ、うちでテレビを見ます。

明天天氣好的話就打網球，不好就待在家看電視。

2．～かもしれない：接在動詞、形容詞終止形和名詞、形容動詞語幹後面，表示“也許”“或許”等。

（1）今週の土曜日は暇かもしれません。

這星期六也許有空。

（2）明日は天気がいいかもしれません。

明天也許是好天氣。

（3）早く行けば間に合うかもしれません。

早點去，說不定還趕得上。

3．～てくる：表示發生變化。“……起來”“……了”之意。

（1）雨が降ってきました。

下起雨來了。

（2）最近少し太ってきました。

最近有點胖起來了。

（3）ずいぶん寒くなってきましたね。

真是冷起來了啊。

筆記欄

CD 2-23

23. 自動翻訳機

基礎練習

Ⅰ．CDを聞いて、正しいものを一つ選んで「○」をつけなさい。

1．外国人の話を自動的に訳してくれるのが（A. 自動翻訳機　B. 翻訳家）です。

2．技術が進んでいるから、自動翻訳機がだんだん（A. 小さく　B. 大きく）なっています。

3．ある会社は（A. 人間の声　B. 犬の声）を翻訳する機械を作ったそうです。

Ⅱ．CDの内容と同じものには「○」、違うものには「×」をつけなさい。

1．外国人とコミュニケーションする時に、まず理解しなければならないのが言葉です。

2．動物の言葉は人の言葉とはだいたい同じです。

3．動物は人と同じように、いろいろな気持ちがあります。

Ⅲ．次の質問に答えなさい。

1．自動翻訳機は何ができますか。

2．犬の言葉と人間の言葉とはどう違いますか。

3．犬の声の意味がわかるように、ある会社は何をしましたか。

Ⅳ．CDを聞いて、次の下線の中に適当な言葉を書きなさい。

がいこくのひとと＿＿＿＿するときにいちばん＿＿＿＿になるのがことばだ。そこで「あったらいいなあ」とおもうのは＿＿＿＿だ。もし＿＿＿＿のはなしていることをきかいが＿＿＿＿にじぶんのくにのことばにかえてくれたらとても＿＿＿＿だ。ぎじゅつは＿＿＿＿しているから、そんなきかいを＿＿＿＿にいれて＿＿＿＿ひはそうとおくないだろう。

でも、もしそれが＿＿＿＿のことばだったらどうですか。＿＿＿＿、いぬをかっているひとは「いぬとはなせたらいいなあ」とおもうだろう。しかし、いぬのことばはひとのことばとはちがう。いぬは＿＿＿＿たり、＿＿＿＿たりする。このこえのいみがわかれば、いぬがなにをいいたいのか、どんな＿＿＿＿なのかわかるのではないだろうか。そうかんがえて、たくさんのいぬのこえを＿＿＿＿、そのいみを＿＿＿＿、いぬのこえをほんやくするきかいをつくったかいしゃがあるそうだ。でも、＿＿＿＿ににんげんのことばをいぬのこえに＿＿＿＿くれるものはまだない。

テスト23

一、応答問題

CDの内容をよく聞いてください。A、B、Cの中から一番適当な答えを選んで、○をつけてください。

1　A　B　C
2　A　B　C
3　A　B　C
4　A　B　C
5　A　B　C

二、会話問題

次の会話をよく聞いてください。会話の後は質問がありますが、質問に一番いい答えをA、B、C、Dの中から選んで、○をつけてください。

会話1　問1　A　B　C　D
　　　　問2　A　B　C　D
会話2　問1　A　B　C　D
　　　　問2　A　B　C　D

三、問答問題

次の質問をよく聞いてください。後の会話の中から答えを見つけて、A、B、C、Dの中から一番いいのを選んで、○をつけてください。

A　B　C　D

正文解釋

譯文

自動翻譯機

和外國人交流時，最大的問題就是語言。因此就會想，要是有自動翻譯機，那該多好啊。如果機器把對方所說的話自動翻譯成本國語言，那將會非常方便。隨著科學技術的進步，預計再過不了多久，大家都會把翻譯機隨身帶在口袋裡吧。

不過，如果是動物的語言該怎麼辦呢？比如，飼養狗的人會想「要是能和狗說話該多好啊」。可是，狗的語言和人的語言不同。狗會吼叫，如果能夠聽懂這種聲音的意思，是不是就可以知道狗想說什麼、狗是什麼樣的心情呢？聽說有公司收集了很多狗的聲音，並弄清意思後，生產出翻譯狗的聲音的機器。不過，與此相反，尚未有把人的語言翻譯成狗的聲音的機器。

單字

じどう⓪	[自動]	(名)	自動
ほんやく⓪	[翻訳]	(名・他サ)	翻譯
コミュニケーション④		(名)	交流
ことば③	[言葉]	(名)	詞；話
そこで⓪		(接續)	於是；因此；那麼
もし①		(副)	如果
あいて③	[相手]	(名)	對方
きかい②	[機械]	(名)	機器
かえる⓪	[変える]	(他一)	改變
ぎじゅつ①	[技術]	(名)	技術
しんぽ①	[進歩]	(名・自サ)	進步
ポケット②①		(名)	口袋
もちあるく④	[持ち歩く]	他五)	隨身攜帶
そう⓪		(副)	那樣
たとえば②	[例えば]	(副)	比如

かう①	[飼う]	（他五）	飼養
ちがう⓪	[違う]	（自五）	不同
なく⓪	[鳴く]	（自五）	叫
ほえる②	[吠える]	（自一）	吼
きもち⓪	[気持ち]	（名）	心情
あつめる③	[集める]	（他一）	收集
しらべる③	[調べる]	（他一）	調查
はんたい⓪	[反対]	（名・形動）	相反

文法

1．～たらいい：表示說話人希望如此的願望。句尾多伴有"のに／なあ／のだが"等。"要是……就好了""要是……該多好啊"之意。當現實與願望不符或願望不能實現時，帶有一種"不能實現很遺憾"的心情。

（1）明日、晴れたらいいなあ。
明天要是個晴天就好了。

（2）もっと家が広かったらいいのになあ。
家裡要是再寬敞一點該多好啊。

（3）もう少し給料がよかったらいいのだが。
薪水要是再高一點就好了。

2．～から、～：接續助詞"から"接在用言、助動詞終止形後面表示原因、理由。用"から"連接起來的句子，前項表示原因、理由，後項表示結果、結論。後半句大多使用於說話人的意志、命令、推量、禁止、勸誘、請求等的表現。"（因為）……所以……"之意。

（1）うるさいから、静かにしなさい。
太吵了，請安靜一點。

（2）納豆はきらいだから、食べたくないんです。
討厭納豆，所以不想吃。

（3）バスがなかなか来ないから、タクシーに乗りましょう。
公車老是不來，坐計程車吧。

3．～のではないだろうか：表示對某事是否能發生的一種推測。"是不是……啊""不就……嗎"之意。

（1）これからますます環境問題は重要になるのではないだろうか。
今後環境問題不是越來越重要嗎？

（2）彼らはもう出発してしまったのではないだろうか。

他們不是已經出發了嗎？

（3）もしかして、私はだまされているのではないだろうか。

也許，我是被騙了吧？

筆記欄

CD 2-24

24. 人生の節目

基礎練習

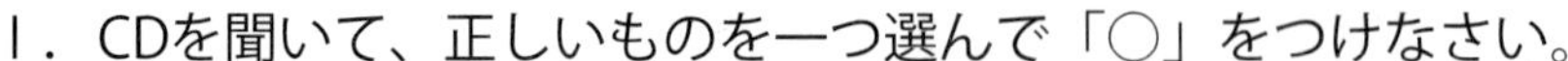

Ⅰ．CDを聞いて、正しいものを一つ選んで「○」をつけなさい。

1．日本では、（A. 二十歳　B. 三十歳）からが大人です。
2．日本では、女性の結婚する平均年齢が（A. 18歳　B. 28歳）です。
3．自分の生き方についてよく考えてみる年が（A. 結婚する　B. 会社に入る）時です。

Ⅱ．CDの内容と同じものには「○」、違うものには「×」をつけなさい。

1．人生には入学や入社、結婚などの節目があります。
2．日本では、男の子でも女の子でも満二十歳になったとき成人式があります。
3．日本の女性は28歳までに結婚しなければなりません。

Ⅲ．次の質問に答えなさい。

1．節目というのはなんのことですか。
2．普通は年齢の節目は何歳だと思われますか。
3．結婚という大きな節目の時、たとえ結婚しなくても、何を考えたらいいでしょうか。

Ⅳ．CDを聞いて、次の下線の中に適当な言葉を書きなさい。

じんせいには________というのがあります。うまれてからしぬまでに、せいかつ________やいきかたがおおきく________とき、それがふしめです。たとえば、がっこうにはいることやかいしゃにはいること、________などですね。にほんのばあい、はたちからが________ですから、このはたちというとしも________のなかでおおきなふしめだといえます。

________、はたちをすぎてからの________のふしめはなんさいだとおもいますか。ふつうは、さんじゅっさい、よんじゅっさい、ごじゅっさいのような、ちょうど________すうじをかんがえるのではないでしょうか。________、じょせいのばあい、これとは________、にじゅうはっさいというふしめがあるといわれています。________にじゅうはっさい________、じょせいがけっこんする________ねんれいがそのとしだからです。

________、けっこんというのはおおきなふしめですが、________けっこんしなくても、じぶんのいきかたについてよくかんがえてみるとしが、＿＿＿＿このころなのだろうとおもいます。＿＿＿＿なのは、＿＿＿＿ふしめのじきにじぶんのいきかたをよくかんがえてみることだとおもいます。

テスト24

一、応答問題

CDの内容をよく聞いてください。A、B、Cの中から一番適当な答えを選んで、○をつけてください。

1　A　B　C

2　A　B　C

3　A　B　C

4　A　B　C

5　A　B　C

二、会話問題

次の会話をよく聞いてください。会話の後は質問がありますが、質問に一番いい答えをA、B、C、Dの中から選んで、○をつけてください。

会話１　問１　A　B　C　D

　　　　問２　A　B　C　D

会話２　問１　A　B　C　D

　　　　問２　A　B　C　D

三、問答問題

次の質問をよく聞いてください。後の会話の中から答えを見つけて、A、B、C、Dの中から一番いいのを選んで、○をつけてください。

A　B　C　D

正文解釋

譯文

人生的轉折點

人生有很多轉折點。從生到死，生活方式發生很大改變的時候，就是人生的轉折點。比如，上學、進公司和結婚等等。在日本，從20歲開始就是成年人了，可以說20歲這一年是人生當中的一個大轉折點。

那麼，過了20歲以後的人生轉折點是幾歲呢？一般不就是認為是30歲、40歲、50歲這種剛好湊成整數的數字嗎？可是，據說女性與此不同，在28歲就是一個轉折點。為什麼說是28歲呢？因為女性的平均結婚年齡正是28歲。

的確，結婚是人生當中一個很大的轉折點，就算是不結婚，這個年齡也是好好考慮自己生活方式的最好時間。最重要的是，在這種的轉折點的時候，好好地考慮自己未來的生活方式。

單字

ふしめ③	[節目]	（名）	轉折點
うまれる⓪	[生まれる]	（自一）	出生
しぬ⓪	[死ぬ]	（自五）	死
スタイル②		（名）	方式；式樣
いきかた④③	[生き方]	（名）	生活方式
かわる⓪	[変わる]	（自五）	變化
ところで③		（接續）	可是；再說
すぎる②	[過ぎる]	（自一）	過；過去
ねんれい⓪	[年齢]	（名）	年齡
ふつう⓪	[普通]	（名・形動）	普通；平常
ちょうど⓪		（副）	正好
きり②	[切]	（名）	限度；段落
すうじ⓪	[数字]	（名）	數字
ところが③		（接續）	可是

べつ⓪	[別]	（名・形動）	不同；別的
なぜ①		（副）	為什麼
へいきん⓪	[平均]	（名）	平均
たしかに①	[確かに]	（副）	的確
たとえ③②		（副）	即使
ころ①	[頃]	（名）	時候
じき①	[時期]	（名）	時候，時期

文法

1．**～と言える**：接在句子後面，表示"可以說……"之意。

（1）京都は静かで、古い町として人々から親しまれていると言えるでしょう。
也許可以說，京都是作為幽靜的古城，而受到人們青睞的吧。

（2）この点から言っても、彼はりっぱな教育者だと言えます。
即使從這點來說，他也可以說是一位出色的教育家。

（3）日曜日の銀座は歩行者の天国だと言えるでしょう。
星期日的銀座可以說是行人的天堂吧。

2．**なぜかというと、～からだ**：用於就前述的事情，說明其原因和狀況。一般用於書面語或較正式場合的口語表達中。"要說為什麼……是因為……"之意。

（1）なぜかというと、インスタント食品は防腐剤が入っているからです。
為什麼呢？因為速食品含有防腐劑。

（2）なぜかというと、たくさん食べると、健康によくないからです。
為什麼呢？因為多吃了對健康不好。

（3）なぜかというと、交通事故があって、今ここは通れないからです。
為什麼呢？因為出了車禍，現在這裡不能通行。

3．**～てみる**：表示試做某件事。"試試……""看看……"之意。

（1）食べてみてください。おいしいでしょう。
請嘗嘗看，味道不錯吧。

（2）聞いてみますからちょっと待ってください。
請等一等，我去打聽一下。

（3）やってみなければわからないでしょう。
不試一試是弄不明白的吧。

筆記欄

CD原文

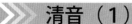

CD 1-1

清音（1）

1.あいうえお

Ⅰ．次の発音を聞いて、仮名を使って書き取ってください。

1．あおう　あえい　うおあ　いえあ　いえあおう

2．あえい　いえあ　あえいお　えおあお　あいうえお

Ⅱ．発音を聞いて、次の単語を書き取ってください。

1．愛（あい）　2．胃（い）　3．良い（いい）

4．家（いえ）　5．上（うえ）　6．絵（え）

7．エア　8．青い（あおい）　9．甥（おい）

10．魚（うお）

Ⅲ．次の発音を聞いて、＿＿＿＿に単語を書き入れてください。

1．あい　あう　2．いえ　うえ

3．おい　おう　4．あおい　あおう

Ⅳ．発音を聞いて、次の文を完成してください。

1．あいあい　がさの　あい　さいかにで　あう
（相合傘の愛妻家に出会う）

2．あお　は　あい　よりいでて　あい　よりあおし
（青は藍より出でて　藍より青し）

3．あおい　うりの　あおい　いえ　あおい
（葵瓜　野葵　家葵）

2.かきくけこ

Ⅰ．次の発音を聞いて、仮名を使って書き取ってください。

1．かけき　かこく　きけか　くこか　きけかこく

2．かけき　きけか　かけかく　けこかこ　かきくけこ

Ⅱ．発音を聞いて、次の単語を書き取ってください。

1．買う（かう）　2．池（いけ）　3．恋（こい）
4．菊（きく）　5．声（こえ）　6．顔（かお）
7．駅（えき）　8．ケーキ　9．空気（くうき）
10．書く（かく）

Ⅲ．次の発音を聞いて、＿＿＿＿に単語を書き入れてください。

1．あき　あか　2．いく　きく
3．かいこ　かこく　4．きおく　きこく

Ⅳ．発音を聞いて、次の文を完成してください。

1．かえるの＿こ＿はかえるだ
（蛙の子は蛙だ）
2．いかにも＿いか＿より＿いか＿のさかなだ
（いかにも烏賊より以下の魚だ）
3．となりのきゃくはよく＿かき＿　＿くう＿きゃくだ
（隣の客はよく柿食う客だ）

3.さしすせそ

Ⅰ．次の発音を聞いて、仮名を使って書き取ってください。

1．させし　さそす　しせさ　しそさ　しせさそす
2．させし　しせさ　させしそ　せそさそ　さしすせそ

Ⅱ．発音を聞いて、次の単語を書き取ってください。

1．浅い（あさい）　2．貸す（かす）　3．菓子（かし）
4．嘘（うそ）　5．底（そこ）　6．薄い（うすい）
7．西瓜（すいか）　8．教え（おしえ）　9．世界（せかい）
10．国籍（こくせき）

Ⅲ．次の発音を聞いて、＿＿＿＿に単語を書き入れてください。

1．あさ　さけ　2．しお　しそ
3．いす　さす　4．あせ　せき

Ⅳ．発音を聞いて、次の文を完成してください。

1．＿さい＿しん＿しき＿しゃしんさつえいき
（最新式写真撮影機）

2．スミスさんが＿すき＿だから、さっそく＿すす＿めた
（スミスさんが好きだから、さっそく勧めた）

3．＿さく＿しゃのきゃくしょく、やくしゃのやく＿そく＿
（作者の脚色、役者の約束）

Ⅰ．次の発音を聞いて、仮名を使って書き取ってください。

1．たてち　たとつ　ちてた　ちとた　ちてたとつ

2．たてち　ちてた　たてちと　てとたと　たちつてと

Ⅱ．発音を聞いて、次の単語を書き取ってください。

1．高い（たかい）　2．年（とし）　3．家（うち）

4．杖（つえ）　5．知恵（ちえ）　6．相手（あいて）

7．遠い（とおい）　8．明日（あした）　9．地下鉄（ちかてつ）

10．テキスト

Ⅲ．次の発音を聞いて、＿＿＿に単語を書き入れてください。

1．うた　＿いたい＿　2．あつい　＿ちかい＿

3．いと　＿いとこ＿　4．てき　＿てつ＿

Ⅳ．発音を聞いて、次の文を完成してください。

1．きむたく＿たく＿じしょのえん＿たく＿でせんたく
（キムタク託児所の円卓で洗濯）

2．＿とく＿べつにどく＿とく＿のべんきょうをしたとおもう
（特別に独特の勉強をしたと思う）

3．わたしは＿とき＿どきとうきょうにいって、こいびととしょくじをすることがある
（私は時々東京に行って、恋人と食事をすることがある）

5.なにぬねの

Ⅰ．次の発音を聞いて、仮名を使って書き取ってください。

1．なねに　なのね　にねな　ねのな　にねなのぬ

2．なねに　にねな　なねにぬ　ねのなの　なにぬねの

Ⅱ．発音を聞いて、次の単語を書き取ってください。

1．犬（いぬ）　2．名前（なまえ）　3．布（ぬの）

4．猫（ねこ）　5．命（いのち）　6．なにしろ

7．盗む（ぬすむ）　8．お金（おかね）　9．除く（のぞく）

10．あなた

Ⅲ．次の発音を聞いて、＿＿＿に単語を書き入れてください。

1．いなか　＿さかな＿　2．きぬ　＿きのこ＿

3．あね　＿あに＿　4．なく　＿にく＿

Ⅳ．発音を聞いて、次の文を完成してください。

1．＿なな＿こはなぜ＿なな＿めになってなくの

（奈々子はなぜか斜めになって泣くの）

2．＿ねこ＿いたのねずみをねらって＿ねこ＿のこのこ＿ねこ＿

（猫板の鼠を狙って猫の子の子猫）

3．＿なかなか＿なかないからすがないた。＿なく＿のはからすのかってでしょ

（なかなか鳴かないからすが鳴いた。鳴くのはからすの勝手でしょ）

CD 1-2

清音（2）

6.はひふへほ

Ⅰ．次の発音を聞いて、仮名を使って書き取ってください。

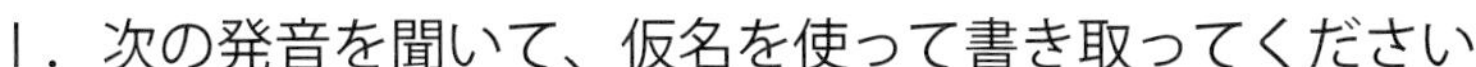

1．はへひ　はほふ　ひへは　ひほは　ひへはほふ

2．はへひ　ひへは　はへひふ　へほはほ　はひふへほ

II．発音を聞いて、次の単語を書き取ってください。

1．花（はな）　2．人（ひと）　3．財布（さいふ）
4．へそ　5．骨（ほね）　6．橋（はし）
7．飛行機（ひこうき）　8．船（ふね）　9．へなへな
10．細い（ほそい）

III．次の発音を聞いて、＿＿＿に単語を書き入れてください。

1．はし　しはい　2．ふえ　ひふ
3．えだ　へた　4．はは　ほほ

IV．発音を聞いて、次の文を完成してください。

1．バスガスばく　はつ
（バスガス爆発）
2．　はは　は　はは　の　はは　より　あさはかな　はは
（母は母の母より浅はかな母）
3．ほおにうかべるわらいは　ほほ　えみ
（頬に浮かべる笑いは微笑み）

I．次の発音を聞いて、仮名を使って書き取ってください。

1．まめみ　まもむ　みめま　みもま　みめまもむ
2．まめみ　みめま　まめみも　めもまも　まみむめも

II．発音を聞いて、次の単語を書き取ってください。

1．また　2．店（みせ）　3．寒い（さむい）
4．娘（むすめ）　5．守る（まもる）　6．マスク
7．道（みち）　8．飲む（のむ）　9．目出度い（めでたい）
10．桃（もも）

III．次の発音を聞いて、＿＿＿に単語を書き入れてください。

1．おまえ　なまえ　2．むし　むかし
3．だめ　つめたい　4．もし　もみじ

Ⅳ. 発音を聞いて、次の文を完成してください。

1. みまもるものがいて、おめみえもままならない
（見守るものがいて、お目見えもままならない）

2. すもももももももものうち、ももにもいろいろある
（スモモも桃も桃のうち、桃にも色々ある）

3. それはうまのみみにねんぶつだとももこはおもっている
（それは馬の耳に念仏だと桃子は思っている）

Ⅰ. 次の発音を聞いて、仮名を使って書き取ってください。

1. やえい　やよゆ　ゆえよ　ゆよや　いえやよゆ
2. やえい　ゆえい　やえいゆ　えよやよ　やいゆえよ

Ⅱ. 発音を聞いて、次の単語を書き取ってください。

1. 安い（やすい）　2. 山（やま）　3. 雪（ゆき）
4. 夢（ゆめ）　5. 夜（よる）　6. 弱い（よわい）
7. 冬（ふゆ）　8. 強い（つよい）　9. 石油（せきゆ）
10. 休む（やすむ）

Ⅲ. 次の発音を聞いて、＿＿＿に単語を書き入れてください。

1. やさい　やおや　2. かう　かゆ
3. いえ　ゆえ　4. のむ　よむ

Ⅳ. 発音を聞いて、次の文を完成してください。

1. おあややははおやにおあやまり
（お綾や母親にお謝り）

2. あいのあるあいさつはあまくあかるくあたたかい
（愛のある挨拶は甘く明るく暖かい）

3. やややせたやおやさんのやよいさんとやすいやどやさんのやすえさん
（やや痩せた八百屋さんの弥生さんと安い宿屋さんの安江さん）

9.らりるれろ

Ⅰ．次の発音を聞いて、仮名を使って書き取ってください。

1．られり　らろる　りれら　りるら　りれらろる

2．られり　りれら　られりる　れるらる　らりるれろ

Ⅱ．発音を聞いて、次の単語を書き取ってください。

1．空（そら）　2．車（くるま）　3．クリスマス

4．来歴（らいれき）　5．ロマン　6．ラーメン

7．利益（りえき）　8．猿（さる）　9．連絡（れんらく）

10．録音（ろくおん）

Ⅲ．次の発音を聞いて、＿＿＿＿に単語を書き入れてください。

1．からい　さくら　2．れきし　りれき

3．する　るす　4．ろく　くろい

Ⅳ．発音を聞いて、次の文を完成してください。

1．かれは ルール をしっていて、れいぎただしく れい をした
（彼はルールを知っていて、礼儀正しく礼をした）

2．からだ のわるいりょうこさんはまいにちへやで ごろごろ している
（体の悪い良子さんは毎日部屋でごろごろしている）

3．りゅうさんは いらいら していたので、みんなにわらわれたが、さらに いらいらしている ようになった
（劉さんはいらいらしていたので、皆に笑われたが、更にいらいらしているようになった）

10.わいうえを

Ⅰ．次の発音を聞いて、仮名を使って書き取ってください。

1．わえい　わをう　いえわ　いうわ　いえわをう

2．わえい　いえわ　わえいう　えうわう　わいうえを

Ⅱ．発音を聞いて、次の単語を書き取ってください。

1．笑う（わらう）　　2．私（わたし）　　3．ワイシャツ
4．和歌（わか）　　5．和食（わしょく）　　6．若者（わかもの）
7．ワクチン　　8．賄賂（わいろ）　　9．技（わざ）
10．わざわざ

Ⅲ．次の発音を聞いて、＿＿＿＿に単語を書き入れてください。

1．わかい　こわい　　2．あい　あう
3．こう　こえ　　4．かう　かわ

Ⅳ．発音を聞いて、次の文を完成してください。

1．わかりましたか。いいえ、わかりません
（分かりましたか。いいえ、分かりません）
2．にわにはにわとりがにわいる
（庭には鶏が二羽いる）
3．うらにわにはにわとりがにわいる
（裏庭には鶏が二羽いる）

CD 1-3

濁音　半濁音

11.がぎぐげご

Ⅰ．次の発音を聞いて、仮名を使って書き取ってください。

1．がげぎ　がごぐ　ぎげが　ぎぐが　ぎげがごぐ
2．がげぎ　ぎげが　がげぎぐ　げぐがぐ　がぎぐげご

Ⅱ．発音を聞いて、次の単語を書き取ってください。

1．学位（がくい）　　2．義理（ぎり）　　3．具体（ぐたい）
4．ひげ　　5．午後（ごご）　　6．科学（かがく）
7．議案（ぎあん）　　8．ぐうぐう　　9．芸者（げいしゃ）
10．ゴミ

Ⅲ．次の発音を聞いて、＿＿＿＿に単語を書き入れてください。

1．ぎかい　かいぎ　　2．かいこく　がいこく

3．かぐ　ぐあい　　4．けが　げか

Ⅳ．発音を聞いて、次の文を完成してください。

1．おおたまご　こたまご　こたまごおおたまご

（大卵小卵　小卵大卵）

2．なま むぎ なま ごめ なま たまご

（生麦生米生卵）

3．がく のとなりがガラスの かがみ

（額の隣がガラスの鏡）

12.ざじずぜぞ

Ⅰ．次の発音を聞いて、仮名を使って書き取ってください。

1．ざぜじ　ざぞず　じぜざ　じずざ　じぜざぞず

2．ざぜじ　じぜざ　ざぜじず　ぜずざず　ざじずぜぞ

Ⅱ．発音を聞いて、次の単語を書き取ってください。

1．座席（ざせき）　2．自殺（じさつ）　3．静か（しずか）

4．ぜひ　5．家族（かぞく）　6．アジア

7．風邪（かぜ）　8．雀（すずめ）　9．さまざま

10．それぞれ

Ⅲ．次の発音を聞いて、＿＿＿＿に単語を書き入れてください。

1．あさ　あざ　　2．しかく　じかく

3．かす　かず　　4．あせ　あぜ

Ⅳ．発音を聞いて、次の文を完成してください。

1．なぞ　なぞ びっくり

（謎々びっくり）

2．れいぞうこ に ひつじにく　つくえにおさけ

（冷蔵庫に羊肉　机にお酒）

3．<u>おじょうさん</u>のすうがくは<u>ずいぶん</u>　<u>じょうず</u>になった
（お嬢さんの数学は随分上手になった）

Ⅰ．次の発音を聞いて、仮名を使って書き取ってください。
1．だでぢ　だどづ　ぢでだ　ぢづだ　ぢでだどづ
2．だでぢ　ぢでだ　だでぢづ　でづだづ　だぢづでど

Ⅱ．発音を聞いて、次の単語を書き取ってください。

1．出す（だす）　2．縮む（ちぢむ）　3．電気（でんき）
4．独学（どくがく）　5．続ける（つづける）　6．果物（くだもの）
7．鼻血（はなぢ）　8．だめ　9．童話（どうわ）
10．どちら

Ⅲ．次の発音を聞いて、＿＿＿に単語を書き入れてください。
1．たいがく　<u>だいがく</u>　2．つつく　<u>つづく</u>
3．いと　<u>いど</u>　4．てばな　<u>でばな</u>

Ⅳ．発音を聞いて、次の文を完成してください。
1．はなより<u>だんご</u>
（花より団子）
2．<u>でる</u>くいはうたれる
（出る杭は打たれる）
3．<u>どうろ</u>にじてんしゃ　せんろに<u>でんしゃ</u>
（道路に自転車　線路に電車）

Ⅰ．次の発音を聞いて、仮名を使って書き取ってください。
1．ばべび　ばぼぶ　びべば　びぶば　びべばぼぶ

2．ばべび　びべば　ばべびぶ　べぶばぶ　ばびぶべぼ

Ⅱ．発音を聞いて、次の単語を書き取ってください。

1．たばこ　　2．別（べつ）　　3．人々（ひとびと）
4．豚（ぶた）　　5．募集（ぼしゅう）　　6．バナナ
7．物理（ぶつり）　　8．テレビ　　9．ボタン
10．勉強（べんきょう）

Ⅲ．次の発音を聞いて、＿＿＿に単語を書き入れてください。

1．はす　バス　　2．ひふ　ビーフ
3．ふし　ぶし　　4．ほし　ぼし

Ⅳ．発音を聞いて、次の文を完成してください。

1．びよういんとびょういんびょうしつとびようしつ
（美容院と病院　病室と美容室）
2．いえのそばのそばやへそばをたべにいきませんか
（家の側の蕎麦屋へ蕎麦を食べに行きませんか）
3．ぼうずがびょうぶにじょうずにぼうずのえをかいた
（坊主が屏風に上手に坊主の絵をかいた）

15.ぱぴぷぺぽ

Ⅰ．次の発音を聞いて、仮名を使って書き取ってください。

1．ぱぺぴ　ぱぽぷ　ぴぺぱ　ぴぷぱ　ぴぺぱぽぷ
2．ぱぺぴ　ぴぺぱ　ぱぺぴぷ　ぺぷぱぷ　ぱぴぷぺぽ

Ⅱ．発音を聞いて、次の単語を書き取ってください。

1．パリ　　2．ピアノ　　3．プロレタリア
4．ポスト　　5．ペンギン　　6．散歩（さんぽ）
7．切符（きっぷ）　　8．新品（しんぴん）　　9．立派（りっぱ）
10．ぺらぺら

III．次の発音を聞いて、＿＿＿＿に単語を書き入れてください。

1．バス　パス　　2．ぼし　ポジ

3．ベア　ペア　　4．ふろ　プロ

IV．発音を聞いて、次の文を完成してください。

1．ひゃくせんひゃくしょう　ひゃっぱつ　ひゃくちゅう
（百戦百勝　百発百中）

2．パカパカ　カッパ
（ぱかぱか　かっぱ）

3．あか　パジャマ　あお　パジャマ　き　パジャマ　ちゃ　パジャマ
（赤パジャマ青パジャマ黄パジャマ茶パジャマ）

CD 1-4

撥音　促音　長音

16.撥音

I．次の発音を聞いて、仮名を使って書き取ってください。

1．ぱんぱ　ぴんぴ　ばんば　びんび　まんま　みんみ

2．たんた　てんて　だんだ　でんで　らんら　りんり　なんな　ぬんぬ

3．かんか　きんき　がんが　ぎんぎ

4．あん　いん　あんあ　おんお　さんさ　しんし

II．発音を聞いて、次の単語を書き取ってください。

1．安否（あんぴ）　2．時間（じかん）　3．予算（よさん）

4．試験（しけん）　5．とんぼ　6．参加（さんか）

7．賃貸（ちんたい）　8．新年（しんねん）　9．天皇（てんのう）

10．りんご　11．音楽（おんがく）　12．戦争（せんそう）

13．運河（うんが）　14．ふんだん　15．禁煙（きんえん）

16．存在（そんざい）　17．本当（ほんとう）　18．反対（はんたい）

19．ちゃんと　20．返事（へんじ）

III．発音を聞いて、次の文を書いてください。

1．こんにちは

2．こんばんは

3．おげんきですか

4．がんばってください

Ⅳ．発音を聞いて、次の文を完成してください。

1．しんせつ　しんさつしつ　しさつ
（新設　診察室　視察）

2．しゅんぶん　のひと　しゅうぶん　のひの　しんぶん
（春分の日と秋分の日の新聞）

3．とんだ　とんだ　とっとと　とんだ　どうどうとんで　ちゃっと　たて
（飛んだ　飛んだ　とっとと　飛んだ　堂々飛んで　ちゃっと　立て）

17.促音

Ⅰ．次の発音を聞いて、仮名を使って書き取ってください。

1．ぱっぱ　ぴっぴ　ぷっぷ　ぺっぺ　ぽっぽ
2．たった　つっつ　てって　とっと　ちっち
3．かっか　きっき　くっく　けっけ　こっこ
4．さっさ　すっす　せっせ　そっそ　しっし

Ⅱ．発音を聞いて、次の単語を書き取ってください。

1．一杯（いっぱい）
2．日本（にっぽん）
3．物体（ぶったい）
4．切手（きって）
5．夫（おっと）
6．楽器（がっき）
7．喫茶店（きっさてん）
8．欠席（けっせき）
9．活発（かっぱつ）
10．ちっとも
11．雑誌（ざっし）
12．真っ黒（まっくろ）
13．末っ子（すえっこ）
14．すっかり
15．真っ赤（まっか）
16．三つ（みっつ）
17．雑費（ざっぴ）
18．ほっぺた
19．コップ
20．マッチ

Ⅲ．次の発音を聞いて、＿＿＿＿に単語を書き入れてください。

1．かこ　かっこ
2．せかい　せっかい
3．じけん　じっけん
4．おと　おっと
5．そち　そっち
6．もと　もっと
7．さか　さっか
8．かき　かっき
9．げこ　けっこう
10．たち　タッチ

Ⅳ．発音を聞いて、次の文を完成してください。

1．ごじっぽ　ひゃっぽ
（五十歩百歩）

2．ひっし　になって　がんばった　が　けっきょく　しっぱい　した
（必死になって　頑張ったが　結局失敗した）

3．わかった　？わからない？
わかったら　わかったと
わからなかったら　わからなかったと
いわなかったら
わかったか　わからなかったか
わからないじゃないの
わかった？
（分かった？分からない？
分かったら　分かったと
分からなかったら　分からなかったと
言わなかったら
分かったか　分からなかったか
分からないじゃないの
分かった？）

18.長音

Ⅰ．次の発音を聞いて、仮名を使って書き取ってください。

1．ああ　2．いい　3．うう
4．えい　5．おう

Ⅱ．発音を聞いて、次の単語を書き取ってください。

1．学生（がくせい）　2．昨日（きのう）　3．先生（せんせい）
4．ノート　5．大きい（おおきい）　6．デパート
7．英語（えいご）　8．兄さん（にいさん）　9．スケート
10．小さい（ちいさい）　11．友人（ゆうじん）　12．成功（せいこう）
13．様子（ようす）　14．テーブル　15．放送（ほうそう）
16．相談（そうだん）　17．数字（すうじ）　18．スカート

19. 多く（おおく） 20. 正解（せいかい）

III. 次の発音を聞いて、＿＿＿＿に単語を書き入れてください。

1．おい　おおい　2．おしい　おいしい
3．ゆき　ゆうき　4．きぼ　きぼう
5．ビル　ビール　6．こえ　こうえい
7．とけ　とけい　8．くき　くうき
9．よじ　ようじ　10．おじさん　おじいさん

IV. 発音を聞いて、次の文を完成してください。

1．むかしむかし、おおむかし、あるところにおじいさんとおばあさんがありました。おじいさんはやまへしばかりに、おばあさんはかわへせんたくにいきました。あるひ、おばあさんがかわでせんたくをしていると、おおきなももがどんぶりこどんぶりことながれてきました。
（昔々、大昔、ある所にお爺さんとお婆さんがありました。お爺さんは山へ芝刈りに、お婆さんは川へ洗濯に行きました。ある日、お婆さんが川で洗濯をしていると、大きな桃がどんぶりこどんぶりこと流れてきました。）

拗音　外來語特殊音節

CD 1-5

I. 次の発音を聞いて、仮名を使って書き取ってください。

1．ウィ　ウェ　ウォ　2．クァ　クィ　クォ
3．シェ　ジェ　チェ　4．ツァ　ツェ　ティ
5．ディ　デュ　ファ　6．フィ　フェ　フォ

II. 発音を聞いて、次の単語を書き取ってください。

1．お客（おきゃく） 2．距離（きょり） 3．写真（しゃしん）
4．食事（しょくじ） 5．住所（じゅうしょ） 6．ツアー
7．注意（ちゅうい） 8．百（ひゃく） 9．男女（だんじょ）
10．ちゃんと 11．病気（びょうき） 12．ファッション
13．表現（ひょうげん） 14．貯金（ちょきん） 15．ウィスキー
16．記入（きにゅう） 17．省略（しょうりゃく） 18．ニュース
19．旅行（りょこう） 20．金魚（きんぎょ）

Ⅲ. 次の発音を聞いて、＿＿＿に単語を書き入れてください。

1．きよう　きょう　　2．りようし　りょうし
3．ゆうそう　ゆうしょう　　4．じゆう　じゅう
5．サイン　しゃいん　　6．そうじ　しょうじ
7．ほうしょう　ひょうしょう　　8．いりょう　いりよう
9．おもちや　おもちゃ　　10．こうよう　きょうよう

Ⅳ. 発音を聞いて、次の文を完成してください。

1．まいしゅう　しゅうまつ　はシュウマイが　しゅうかん
（毎週週末はシュウマイが習慣）

2．おとこは　どきょう　おんなは　あいきょう　ぼうずは　おきょう
（男は度胸　女は愛嬌　坊主はお経）

3．きゃくせん　のきゃくしつの　じょうきゃく　はせんきゃくよりも　ちんきゃく
（客船の客室の乗客は先客よりも珍客）

1. スミスさんのアパート　CD 2-1

正文

スミスさんのアパートはにぎやかな町の中にあります。アパートの前に本屋と郵便局があります。となりはコンビニです。近くにスーパーやレストランや映画館があります。

スミスさんは日本語学校の学生ですが、午後5時から英語学校で日本人に英語を教えます。毎日忙しいです。でも日本語学校も英語学校もスミスさんのアパートに近いですから、便利です。よくコンビニでおべんとうを買います。

先週の金曜日友だちとレストランで晩ごはんを食べてから、映画を見ました。歩いてうちへ帰ったのです。

レストランも映画館もアパートの近くです。部屋は古くて狭いですが、スミスさんはこのアパートが好きです。

テスト1

一、応答問題

1　おはようございます。

A　こんにちは。　　B　こんばんは。

C　おはよう。

2　朝ごはんは毎日食べますか。

A　はい、食べました。　　B　はい、食べます。

C　いいえ、食べませんでした。

3　お寿司は好きですか。

A　ええ、大好きですよ。　　B　ええ、できますよ。

C　ええ、お寿司ですよ。

4　山本さんはいつアメリカに行きますか?

A　山本です。　　B　アメリカです。

C　来年です。

5　お茶をもう一杯いかがですか。

A　もうけっこうです。　　B　たいへんけっこうです。

C　もう少しけっこうです。

二、会話問題

1　女：あ、雨が降っていますね。

男：そうですね。傘がありますか。

女：いいえ。今日は傘を持ってきませんでした。山田さんは持ってきましたか。

男：ええ。

女：すみませんけど、駅まで一緒に行ってもいいですか。

男：ええ、いいですよ。

女：ありがとうございます。

問1 二人は一緒にどこに行きますか。

A　会社に行きます。　　B　学校に行きます。

C　駅に行きます。　　D　男の人の家に行きます。

問2 誰が傘を忘れましたか。

A　男の人です。　　B　女の人です。

C　誰も忘れませんでした。　　D　二人とも忘れました。

2　男：すみません、市役所に行きたいんですけど。ここから近いですか。

女：ええと、歩いて１０分くらいですよ。

男：良かった。そんなに遠くないですね。

女：そうですね。でも、市役所へ行くバスがありますよ。

男：それじゃ、バスにします。今日は寒いですからね。

女：そうですね。

男：どうもありがとうございます。

問1 男の人はどこへ行きますか。

A　駅です。　　B　自分のうちです。

C　市役所です。　　D　タクシー乗り場です。

問2 どうやっていきますか。

A　歩いていきます。　　B　バスで行きます。

C　とても寒いです。　　D　１０分くらいです。

三、問答問題

スミスさんが取引先の女の人と話しています。スミスさんは取引先の人に何をあげますか。

スミス：はじめまして。ＡＢＣ商事のスミスと申します。よろしくお願いします。

中　川：中川です。こちらこそよろしくお願いします。

スミス：あの、これ、カナダのお菓子です。みなさんでどうぞ。

中　川：あ、すみません。

質問：スミスさんは取引先の人に何をあげましたか。

A　カナダの食べ物　　B　日本の食べ物

C　カナダの飲み物　　D　日本の飲み物

2. わたしの家族

CD 2-2

わたしの名前はリノです。インドネシアの留学生です。今東京の大学で経済を勉強しています。家族はインドネシアのジャカルタに住んでいます。

父は石油会社で働いています。いろいろな国に石油を売っています。日本にも石油を売っていますから、父はよく日本へ来ます。母は主婦です。スポーツと料理が好きで、外国人にインドネシア料理を教えています。

兄は結婚しています。兄の奥さんはとてもきれいで、二人は大学の友だちでした。妹はまだ中学生で、日本のアニメや漫画が大好きです。妹の誕生日にわたしはいつも日本のビデオや漫画の本を送っています。

わたしの家族はボウリングが好きです。兄がいちばん上手です。今わたしはひとりで東京に住んでいますから、少し寂しいです。夏休みには家族に会いに国へ帰ります。

テスト２

一、応答問題

1　はじめまして。木村です。

A　はじめまして。　　B　はじめましょう。

C　はじめてください。

2　それは日本語の教科書ですか。

A　いいえ、教科書です。　　B　いいえ、英語の教科書です。

C　いいえ、日本語です。

3　どうしたの?顔色が悪いわよ。

A　あ、けっこうです。　　B　あ、大丈夫です。

C　あ、こちらこそ。

4　どこでパーティーをしますか。

A　明日です。　　B　私のうちです。

C　誕生日のパーティーです。

5　山田さんはもう帰りましたか。

A　はい、さっき帰りました。　　B　はい、帰りましょう。

C　はい、そうでした。

二、会話問題

1　女：いらっしゃいませ。

男：あのう、子供用の時計がほしいんですが。

女：こちらにありますので。

男：う～ん。もっとかわいいデザインのはありませんか。

女：ここにはこのデザインのしかありません。

男：時計売り場はこの四階だけですか。

女：いいえ。6階のおもちゃ売り場でも子供用の時計を売っています。

男：そうですか。じゃ、6階に行ってみます。

問1 男の人は何を買いたいと言いましたか。

A 子供の服　　B 子供の本

C 子供の時計　　D 子供のデザイン

問2 男の人はこれからどこに行きますか。

A ほかのデパートへ行きます。　　B ほかの売り場へ行きます。

C 女の人のうちに行きます。　　D 子供のうちに行きます。

2 男：あのう、今度の週末は何か予定がありますか。

女：いいえ。

男：それじゃ、土曜日にドライブに行きませんか。僕、先月車を買ったんですよ。

女：へえ、そうなんですか。いいですよ。

男：それじゃ、土曜日の10時に迎えに行きます。

女：お昼ごはんは、私がお弁当を作るから、それを持っていきましょう。

男：いいですね。お願いします。

問1 二人はいつドライブに行きますか。

A 今度の金曜日です。　　B 今度の土曜日です。

C 今度の日曜日です。　　D 先月です。

問2 会話の内容と合っているのはどれですか。

A 女の人は忙しいので、ドライブに行きません。

B 二人はお昼ご飯を食べてからドライブに行きます。

C 二人は先月も一緒にドライブしました。

D 男の人の車でドライブに行きます。

三、問答問題

ヤンさんが上司と取引先に行きました。取引先の人の名前は何ですか。

渡辺：ああ、佐藤さん。

佐藤：あ、渡辺さん、どうも。

渡辺：今度、うちの営業部に配属されたヤンです。

ヤン：ヤンと申します。

渡辺：こちら、山川物産の佐藤課長です。

佐藤：佐藤です。よろしくお願いします。
ヤン：こちらこそよろしくお願いします。
質問：取引先の人の名前は何ですか。

A　渡辺さん　　B　山川さん
C　佐藤さん　　D　センさん

3. わたしの趣味

CD 2-3

正文

わたしの趣味は絵をかくことと山を歩くことです。人や花の絵もかきますが、山の絵をかくのが一番好きです。休みの日、わたしはよく絵をかきにひとりで山へ行きます。

5月のみどり、8月のみどり、赤色の秋の山、そして白い冬の山。山はいつも違います。色えんぴつでノートにかきます。山の中は静かですが、ときどき人が来ます。そしてわたしの絵を見て、「上手だ」とほめてくれます。でも本当はあまり上手ではありません。

わたしは忙しい会社員ですが、絵をかくのは楽しいですから、毎晩寝る前に2時間ぐらいかいています。

わたしは絵を見るのも好きです。土曜日や日曜日にはよく美術館へ絵を見に行きます。わたしの夢は外国の美術館へ行って、有名な絵をたくさん見ることです。そして、もっといい絵をかきたいです。

テスト3

一、応答問題

1　すみませんが、もう一度お名前をお願いします。

A　山本和子です。　　B　こちらこそよろしくお願いします。
C　一度でいいですか。

2　トイレはどこですか。

A　私です。　　B　どちらです。
C　こちらです。

3　いつ日本に来ましたか。

A　三年後です。　　B　三年前です。

C　三年間です。

4　あの建物は銀行ですか。

A　はい、建物です。　　B　はい、そうします。

C　はい、そうです。

5　私の話がわかりましたか。

A　いいえ、知りません。　　B　いいえ、もう一度お願いします。

C　いいえ、もう一度聞いてください。

二、会話問題

1　女：明日森さんの誕生日ですね。

男：そうですね。何かプレゼントをあげましょう。森さんが好きなものは何ですか。

女：森さんは犬が大好きですよ。

男：でも、犬はプレゼントできませんね。

女：あ、紅茶も好きですよ。

男：そうですか。私のうちの近くにおいしい紅茶を売っている店がありますよ。

女：じゃ、そこでプレゼントを買いましょう。

男：ええ。じゃ、これから行きましょう。

問1　二人は何をプレゼントしますか。

A　ケーキです。　　B　紅茶です。

C　犬です。　　D　かばんです。

問2　二人はどこでプレゼントを買いますか。

A　駅の近くにある店です。　　B　森さんのうちの近くにある店です。

C　女の人のうちの近くにある店です。　　D　男の人のうちの近くにある店です。

2　男：おなかすきましたね。

女：ええ。はい、メニュー。何を食べますか。

男：そうですね。私はサンドイッチにします。

女：私はカレーライス。このお店はカレーライスがおいしいんですよ。

男：そうなんですか。でも、ちょっと高いですね。950円ですよ。

女：たまにはいいでしょう。

男：そうですね。じゃ、私もそれにします。

問1 カレーライスはいくらですか。

A　150円です。　　B　550円です。

C　950円です。　　D　1050円です。

問2 男の人は何を注文しますか。

A　メニューです。　　B　カレーライスです。

C　サンドイッチです。　　D　何も注文しません。

三、問答問題

ヤンさんがオフィスでスピーチをしています。ヤンさんはどこから来ましたか。

ヤン：総務部から参りましたヤンです。マレーシア人です。入社してからずっと総務部にいました。営業の仕事は初めてですが、がんばりたいと思います。どうぞよろしくお願いいたします。

質問：ヤンさんはどこから来ましたか。

A　営業部　　B　総務部

C　マレーシア支社　　D　オフィス

4. 回転寿司

CD 2-4

正　文

皆さん、回転寿司を知っていますか。回転寿司の店では寿司がぐるぐる回っています。おもしろくて、子どもが大好きです。

店の中で、たくさんの人が飲んだり食べたりしていて、とてもにぎやかです。いろいろな寿司が目の前に回ってきて、1枚のお皿の上に寿司がふたつあります。まぐろ、たい、いか、えび、なっとうまき、かっぱまき…いろいろあります。

回転寿司には店の人はあまりいません。お客は好きな寿司を取って食べます。お茶もお客が作ります。食べた後で、店の人が来てお皿を数えます。たとえば、白いさらは100円、青いさらは150円、みどりのさらは200円、赤いさらは300円です。お金の計算は難しくないです。

寿司は日本の食べ物ですが、外国人もよく食べます。今は外国にも回転寿司があります。安くておいしい回転寿司。ぜひ一度行って、食べてください。

応用練習

テスト４

一、応答問題

1　山本さんは学生ですか。

A　はい、会社員です。　B　はい、学生です。

C　はい、先生です。

2　昨日映画を見に行きました。

A　何を見たんですか。　B　何を見ましょうか。

C　どこに行きましょうか。

3　明日は忙しいですか。

A　はい、明日です。　B　はい、忙しいです。

C　はい、明日します。

4　いらっしゃいませ。こちらでお召し上がりですか。

A　ええ、ここで見ます。　B　ええ、ここからあがります。

C　ええ、こちらで食べます。

5　まだ五月だけど、暑いね。

A　ほんと。まだ春ね。　B　ほんと。夏になったわね。

C　ほんと。夏のようね。

二、会話問題

1　男：ねえ、山本さんは兄弟がいるの?

女：ええ、弟が一人。

男：へえ、弟さんがいるんだ。今、大学生なの?

女：ううん。今年の三月に大学を卒業して、今はコンピューターソフトを作る会社で働いているの。

男：へえ、ソフトを作っているんだ。すごいね。

女：でも、仕事は大変らしいわよ。いつも帰りが遅いし。

男：会社に泊まることもあるの?

女：ええ、とても忙しいときはね。

男：それは大変だね。体は大丈夫？

女：今は大丈夫。でも、これからが心配。

男：そうだね。気をつけないとね。

問1 女の人の弟さんは今大学生ですか。

A　はい、大学生です。
B　いいえ、今年大学に入ります。
C　いいえ、会社に勤めています。
D　いいえ、大学で働いています。

問2 女の人は、なぜ弟さんのことを心配していますか。

A　今、病気だからです。
B　仕事ばかりしているからです。
C　毎日友達の家に泊まるからです。
D　体がとても弱いからです。

2　女：いらっしゃいませ。本日は携帯電話とデジタルカメラの特別セールです。大変お安くなっています。いかがですか。

男：あのう。

女：はい、何でしょうか。

男：電子辞書がほしいんですが、どこにありますか。

女：電子辞書は三階です。

男：そうですか。三階へはどうやって行きますか。

女：あちらのエスカレーターをご利用ください。

男：わかりました。どうも。

問1 男の人は何を買いに来ましたか。

A　携帯電話です。
B　カメラです。
C　電子辞書です。
D　エスカレーターです。

問2 男の人はこれから何階に行きますか。

A　一階です。
B　二階です。
C　三階です。
D　四階です。

三、問答問題

スミスさんが取引先に電話をしています。スミスさんはこれからどうしますか。

取引先：はい、ヤマト物産でございます。

スミス：ＡＢＣ商事のスミスと申しますが、小林さんは、いらっしゃいますか。

取引先：申し訳ございません。ただいま別の電話に出ておりますが。

スミス：そうですか。それでは、またかけます。

質問：スミスさんはこれからどうしますか。

A　小林さんが電話に出るのを待つ。
B　小林さんから電話がかかってくるのを待つ。
C　後でもう一度小林さんに電話する。
D　もう電話しません。

5. デパート

CD 2-5

正文

デパートの売り上げはずっと下がり続けていたが、９８年からは少しずつ上がっている。これは食料品売り場のおかげらしい。デパートではたいてい地下に食料品売り場があって、そこにお客が大勢集まる。すると、そのお客がデパートの上の階にも登っていて、ほかの買い物をする。それで、デパート全体の売り上げが増えるのだ。これを業界では「噴水効果」と呼ぶらしい。噴水の水のように、人が下から上に行くからである。だから、デパートは今、上の階を改装したり、魅力的な商品をそろえたりして、できるだけそこに多くのお客を集めようとしている。

洋服売り場なら、ウインドーショッピングも楽しい。でも、この地下の「食のデパート」では、それは難しい。きっと何か買ってしまうはずである。

テスト５

一、応答問題

1　森さんはどこですか。

A　ここは教室です。　　B　森さんではありません。

C　教室にいますよ。

2　すみませんが、手伝ってもらえませんか。

A　ええ、いいですよ。　　B　ええ、あげますよ。

C　いいえ、けっこうです。

3　仕事は何時に終わりますか。

A　五月です。　　B　五時です。

C　五日です。

4　全部でいくらですか。

A　45個です。　　B　4千5百円です。

C　全部ではありません。

5　もういっぱいいかがですか。

A　いいえ、わかりません。　　B　いいえ、どういたしまして。

C　いいえ、けっこうです。

二、会話問題

1　女：ごめんください。

男：はーい。あ、山田さん、いらっしゃい。どうぞお入りください。

女：はい、お邪魔します。わあ、きれいな部屋ですね。

男：ええと、何か飲みますか。お茶と紅茶とコーヒーがありますけど。

女：じゃあ、お茶をください。

男：はい。ちょっと待ってくださいね。

問1 女の人はどこに来ましたか。

A　喫茶店です。　　B　レストランです。

C　食堂です。　　D　男の人の家です。

問2 女の人は何を飲みますか。

A　お茶です。　　B　紅茶です。

C　コーヒーです。　　D　何も飲みません。

2　女：いらっしゃいませ。

男：その時計を見せてください。

女：これですね。はい、どうぞ。

男：いい時計ですね。

女：とてもお似合いですよ。

男：そうですか。値段は…2万円ですか。

女：ええ。ほかにもいろいろありますけど。

男：う～ん。ちょっと高いですけど、これをください。

問1 お店の人は何を見せましたか。

A　ラジオです。　　B　テレビです。

C　時計です。　　D　お金です。

問2 お客はどうしましたか。

A　安いから買いました。　　B　安いけど買いませんでした。

C　高いから買いませんでした。　　D　高いけど買いました。

三、問答問題

社内で会議をしています。ヤンさんはどの資料から説明を始めますか。

同僚：まず、来月の展示会について検討したいと思います。お手元の資料をご覧ください。えーと、スケジュールが書いてあるものです。では、ヤンさん、説明をお願いします。

ヤン：はい。では、説明させていただきます。

質問：ヤンさんはどの資料から説明を始めますか。

A　展示会の報告　　B　展示会のスケジュール

C　展示会の時の注意事項　　D　手元の資料

6．すきやきの作り方

CD 2-6

正　文

——日本料理の作り方をひとつ教えてください。

——いいですよ。すきやきはどうですか。

牛肉や野菜やとうふを使います。

まず野菜を洗って、切ってください。

次に鍋に油を入れて、熱くします。

牛肉を入れて、砂糖と酒としょうゆを入れます。

それから野菜やとうふを入れて、少し煮ます。水やスープは入れません。これでできあがりです。

すきやきの作り方はいろいろあります。これはわたしの作り方です。熱いですから、卵をつけて食べます。家族や友だちといっしょに食べてください。楽しいですよ。

應用練習

テスト６

一、応答問題

1　それは今日の新聞ですか。

A　はい、そうです。　　B　はい、いいです。

C　はい、読みます。

2　あの男の人を知っていますか。

A　いいえ、会いません。　　B　いいえ、見ません。

C　いいえ、知りません。

3　今日は何曜日ですか。

A　私の誕生日です。　　B　月曜日です。

C　お休みです。

4　マリさんは辛い食べ物は大丈夫ですか。

A　辛いのは、ちょっと…　　B　辛いのは食べないでください。

C　辛いのを食べてください。

5　失礼ですが、どちら様ですか。

A　こちらをお願いします。　　B　高木と申します。

C　どちらがいいでしょうか。

二、会話問題

1　女：いらっしゃいませ。

男：ええと、このAランチとコーヒーをお願いします。

女：コーヒーはいつお持ちしましょうか。料理と一緒にお持ちしましょうか。

男：ええと、コーヒーは食後にお願いします。

女：食後ですね。かしこまりました。

問1 男の人はこれから何をしますか。

A　注文します。　　B　メニューを見ます。

C　レストランに行きます。　　D　食事をします。

問2 ウェートレスはいつコーヒーを持ってきますか。

A　今すぐ持ってきます。　　B　料理の後で持ってきます。

C　コーヒーは持ってきません。　　D　それはわかりません。

2　男：きれいなかばんですね。

女：ありがとうございます。昨日買いました。大きくて、とても便利ですよ。

男：どこで買いましたか。

女：駅前のデパートです。

男：そうですか。高かったですか。

女：いいえ、３千円でしたよ。

問1 二人は何について話していますか。

A　かばんについてです。　　B　帽子についてです。

C　洋服についてです。　　D　靴についてです。

問2 女の人は昨日何をしましたか。

A　デパートで仕事をしました。

B　デパートで男の人に会いました。

C　デパートで買い物をしました。

D　デパートでお金をもらいました。

三、問答問題

ヤンさんが上司とアンケート調査について話しています。ヤンさんは、この後最初に何をしますか。

上司：例のアンケート調査、どうなってますか。

ヤン：はい、質問項目の案はできましたので、明日の会議でみなさんの意見を聞くつもりです。その後、パイロット調査をしようと思っています。

上司：そうですか。で、本調査の実施はいつごろになりそうですか。

ヤン：5月に実施するつもりです。

上司：そうですか。それ以上遅れないようにお願いしますよ。

ヤン：はい。

質問：ヤンさんは、この後最初に何をしますか。

A　アンケートの案を作る　　B　会議で意見を聞く

C　パイロット調査をする　　D　本調査をする

7．最近の子供たち

CD 2-7

正　文

最近、「体の調子が悪い」「すぐ疲れる」と言う子どもが多くなりました。子どもの仕事は遊ぶことです。外でよく遊ぶ子どもは元気です。しかし、最近の子どもはあまり遊びません。どうして遊ばないと思いますか。この資料をちょっと見てください。

まず、「テレビを見る時間が多い」がいちばん多くて、66％です。次に、「勉強が忙しい」で、64％です。3番目は「遊ぶ所がない」で、35％。次の31％は「いっしょに遊ぶ友達がいない」です。それから、28％は「両親が遊んではいけないと言うから」です。「遊び方を知らない」と言う子どもも23％います。「車が多いから、外は危ない」が21％です。「両親が遊ぶことは大切だと思わないから」が17％です。皆さん、これを見て、どう思いますか。

テスト７

一、応答問題

1　これはジョンさんのカメラですか。

　A　いいえ、高くないです。　　B　いいえ、違います。

　C　いいえ、そうしません。

2　これは誰の辞書ですか。

　A　あれはジョンさんです。　　B　私はジョンです。

　C　ジョンさんのです。

3　ビールをもう一杯いかがですか。

　A　いいえ、すみませんでした。　　B　いいえ、結構です。

　C　いいえ、どういたしまして。

4　それは東京の地図ですか。

　A　はい、ここは東京です。　　B　はい、東京に行きます。

　C　はい、東京の地図です。

5　何時に電話しましょうか。

　A　３時にお願いします。　　B　よろしくお願いします。

　C　電話番号をお願いします。

二、会話問題

1　女：すみません。この近くに郵便局はありませんか。

　男：郵便局ですか。この近くにはありませんよ。

　女：そうですか。切手を買いたいんですけど。

　男：切手は、あそこのコンビニエンスストアでも売っていますよ。

　女：そうなんですか。それはよかった。どうもありがとうございます。

　男：いいえ、どういたしまして。

問1 女の人は何を買いますか。

　A　食べ物です。　　B　飲み物です。

　C　お菓子です。　　D　切手です。

問2 どこで買いますか。

　A　スーパーマーケットです。　　B　コンビニエンスストアです。

C　デパートです。　　　　　　　　　D　郵便局です。

2　女：森さん、今ちょっといいですか。
男：ええ。なんですか。
女：先週借りたこの本のことなんですけど。
男：ああ、その本。
女：実は、まだ半分くらいしか読んでいないんです。これを読んでレポートを書くんですけど、内容が難しくて…
男：そうですか。
女：もう少し借りていてもいいですか。
男：ええ。いいですよ。
女：それで、ちょっとわからないところを聞きたいんですけど。
男：いいですよ。
女：このページの内容なんですけど…

問1 女の人は、借りた本を読みましたか。
A　はい、全部読みました。　　　　　B　はい、少しだけ読みました。
C　はい、半分くらい読みました。　　D　いいえ、まだ読んでいません。

問2 女の人は、これから何をしますか。
A　借りた本を返します。　　　　　　B　やさしい本を借ります。
C　レポートの書き方を聞きます。　　D　借りた本の内容について質問します。

三、問答問題

スミスさんが同じ会社の女の人と話しています。スミスさんは休暇届を最初にどうしますか。

スミス：佐藤さん。
佐　藤：はい。
スミス：休みをとるには、どうすればいいですか。
佐　藤：休暇届に記入して、人事課に提出してください。
スミス：人事課ですね。
佐　藤：あ、その前に上司に印鑑をもらってくださいね。
スミス：で、休暇届はどこにありますか。
佐　藤：そのキャビネットの一番上です。

質問：スミスさんは休暇届を最初にどうしますか。
A　人事課に出す　　　　　　　　　　B　上司に印鑑をもらう
C　キャビネットに入れる　　　　　　D　人事課からもらう。

8．ペット

CD 2-8

正文

一人暮らしをしている人で、ペットとして犬や猫を飼う人が増えている。彼らの場合、家に帰れば孤独の世界が待っている。でも、ペットがいればさびしくない。ペットはかけがえの無い存在なのだ。一緒にお風呂に入ることもあるし、部屋で遊ぶこともある。つまり、大切なパートナーなのだ。

ところで、ある調査でこんなことがわかった。20代の女性を対象に、「結婚したら、今いるペットはどうするのか」と聞いたところ、ほとんどは一緒に連れて行くと答えたそうだ。そして、連れて行けないなら結婚しないかもしれないという人も少なくなかったそうだ。例えば、一緒に住むことになる彼のマンションがペット禁止なので、結婚するかどうか迷っているなどという女性もいたらしい。

テスト８

一、応答問題

1　銀行はここから遠いですか。

A　いいえ、遠くないですよ。　　B　はい、私の新聞です。

C　はい、今日の新聞です。

2　すみませんが、ちょっと手伝ってもらえますか。

A　何をするんですか。　　B　何が面白いんですか。

C　何が一番早いんですか。

3　仕事はつまらないんですか。

A　いいえ、速いですよ。　　B　いいえ、多いですよ。

C　いいえ、面白いですよ。

4　さあ、出発しましょう。

A　あ、もう少し出発します。

B　あ、もう少し待ってください。

C　あ、もう少し出発してください。

5　どうぞ遠慮なく召し上がってください。

　A　はい、お邪魔します。　　B　はい、いただきます。

　C　はい、お目にかかります。

二、会話問題

1　男：おなかがすきましたね。

　女：そうですね。あ、もう１時半なんですね。じゃ、お昼ご飯を食べてから帰りましょう。

　男：ええと、あのレストランで食べませんか。あそこはスパゲッティがおいしいんですよ。

　女：私はラーメンが食べたいんですけど。

　男：あのレストランにはラーメンもありますよ。

　女：そうですか。それじゃ、そこにしましょう。

問1　二人はどこで食事をしますか。

　A　レストランです。　　B　友たちのうちです。

　C　自分のうちです。　　D　ラーメン屋です。

問2　女の人は何を食べますか。

　A　おにぎりです。　　B　ラーメンです。

　C　スパゲッティです。　　D　何も食べません。

2　男：山本さん、こんにちは。お久しぶりですね。

　女：あ、森さん、こんにちは。

　男：あ、素敵なかばんですね。どこで買ったんですか。

　女：イギリスに旅行に行ったときに買ったんです。

　男：え、イギリスに行ったんですか。

　女：ええ、２週間。昨日帰ってきたんです。ほら、ちゃんと森さんへのお土産もありますよ。

　男：うわあ、うれしいな。開けてもいいですか。

　女：ええ。

　男：あ、紅茶ですね。

　女：森さん、紅茶が好きでしょう。これ、とても珍しくて、日本では買えないんですよ。

　男：そうなんですか。ありがとうございます。

問1 山本さんは森さんに何をあげましたか。

A かばんです。　B ネクタイです。

C 食べ物です。　D 紅茶です。

問2 会話の内容と合っているのはどれですか。

A 山本さんは、先週イギリスから帰ってきました。

B 山本さんは、森さんの好きなものを知っていました。

C 森さんは、山本さんがイギリスに行ったことを知っていました。

D 森さんは、お土産を開けませんでした。

三、問答問題

スミスさんが同じ会社の女の人と話しています。新しい店は何を売っていますか。

スミス：今、隣のビルで行列ができてたんですけど、何かあったんですか。

同　僚：ああ、あれ？野菜ジュースの店がオープンしたんですよ。

スミス：野菜ジュース。

同　僚：そう。私も今日行ったんですけど、体調を言ったら、症状に合わせて野菜を選んでくれましたよ。

スミス：へえ。味はどうでしたか。

同　僚：おいしかったですよ。効果があるかどうかわからないけど。

質問：新しい店は何を売っていますか。

A 野菜　B ジュース

C 薬　D ビル

9．なりたい職業

CD 2-9

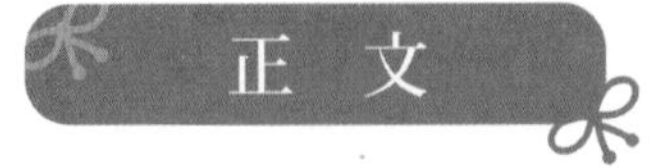

正　文

ある企業が小学校の一年生とその親、4千組を対象に次のようなアンケート調査を行った。子供のほうには、「将来、なりたい職業は何ですか」と聞き、親のほうには、「将来、子供についてほしい職業は何ですか」と聞いた。その結果、なりたい職業と親が子供に期待する職業には大きな差があることがわかった。

男の子の場合、「なりたい職業」は「スポーツ選手」がトップで、2位は「運転手」だった。一方、「ついてほしい職業」のトップは「公務員」で、「スポーツ選手」は２位に入っているが、その割合は、15％だった。

親は、やはり公務員のような安定した職業についてほしいと願うのだろうが、小学校一年生にはまだそんな考え方はできないのだろう。

應用練習

テスト9

一、応答問題

1　今度の週末はどうしますか。

A　じゃ、そうしましょう。　　B　じゃ、週末にしましょう。

C　ええと、ゆっくり休みます。

2　お子さんは今おいくつですか。

A　二人です。　　B　三歳です。

C　男の子と女の子です。

3　それじゃ、また明日ね。

A　ええ、こんにちは。　　B　ええ、また明日。

C　ええ、お帰りなさい。

4　レストランは何階でしょうか。

A　料理がおいしいですよ。　　B　値段が高いですよ。

C　地下にありますよ。

5　全部でいくらですか。

A　全部で12個です。　　B　全部で３千円です。

C　全部で10人です。

二、会話問題

1　女：森さん、お昼ご飯、一緒に食べませんか。

男：あ、もう12時ですね。いいですよ。何を食べましょうか。

女：私はスパゲッティを食べようと思うんですけど。どうですか。

男：駅前にあるスパゲッティのお店を知っていますか。

女：ええ。

男：あそこは安くておいしいですよね。

女：ええ。じゃあ、そこに行きましょう。

問1今、何時ごろですか。

A　11時ごろです。　　B　12時ごろです。

C　1時ごろです。　　D　2時ごろです。

問2 二人はこれからどこに行きますか。

A　森さんの家です。　B　駅です。

C　レストランです。　D　デパートです。

2　男：もしもし、山本さんのお宅ですか。

女：はい。山本ですが。

男：健介さんの友達のキムと言いますが、健介さんはいらっしゃいますか。

女：兄はまだ帰っていませんけど。

男：そうですか。それでは、また後で電話します。

女：7時ごろ帰ると思います。

男：わかりました。そのころ電話します。

問1 キムさんは誰と話しましたか。

A　健介さんと話しました。　B　健介さんのお母さんと話しました。

C　健介さんのお姉さんと話しました。　D　健介さんの妹さんと話しました。

問2 キムさんはまた電話しますか。

A　はい、7時前に電話します。　B　はい、7時過ぎに電話します。

C　はい、明日電話します。　D　いいえ、今日は電話しません。

三、問答問題

ヤンさんが電話をしています。どのようなメモを書きますか。

取引先：はい、みどり銀行でございます。

ヤ　ン：あの、恐れ入りますが、そちらのファックス番号を教えていただけますか。

取引先：はい。よろしいですか。

ヤ　ン：はい、お願いします。

取引先：0091－1234－5678です。

ヤ　ン：どうもありがとうございます。

質問：どのようなメモを書きますか。

A　0091－1234－7856　B　0091－3412－7856

C　0091－3412－5678　D　0091－1234－5678

10. 第二の人生 CD 2-10

正 文

最近、50代や60代になってから、大学や大学院で勉強する人たちが増えているそうだ。会社を定年で退職したあとで、専門的な勉強をしたいと考える人たちだ。

中村三郎さんはその一人だ。貿易会社に長年勤めていたが、今年辞めて大学に入った。若いときから趣味で英文学を読んでいたが、もっと深く勉強したいと思い、入学を決めたそうだ。自分より若い人たちに囲まれると、自分も若くなったような気がするらしい。年を取っているからといって、あきらめることはない、と中村さんは話している。

退職後に第二の人生を送るかは、人によっていろいろだ。しかし、人生は一度しかない。豊かな老後を送るためには、中村さんのように、自分のやりたいことをするのが一番だろう。

テスト10

一、応答問題

1　お誕生日、おめでとうございます。

A　ごちそうさまでした。　B　ありがとうございます。

C　どういたしまして。

2　8時になりましたか。

A　はい、ちょうど7時です。　B　はい、ちょうど8時です。

C　はい、ちょうど9時です。

3　ディズニーランドに行くのは初めてなんでしょう。

A　ええ、楽しみだわ。　B　ええ、残念だわ。

C　ええ、寂しいわ。

4　このテレビ、つきませんよ。

A　あ、それは壊れているんです。　B　あ、それは休んでいるんです。

C　あ、それは忘れているんです。

5　すみません。よく聞こえなかったんですけど。

A　それじゃ、もうすこし早く話しますね。

B　それじゃ、もうすぐ終わりますね。

C　それじゃ、もう一度言いますね。

二、会話問題

1　男：すみません。

女：はい。いらっしゃいませ。

男：あのう、日本語の辞書を買いたいんですが。

女：辞書は3階ですが。

男：外国人が日本語を学習するのに使う辞書がほしいんですけど、それも3階に売っていますか。

女：それは5階になりますよ。外国語のコーナーにおいてあります。

男：そうですか。ありがとうございます。

問1 男の人は何を買いますか。

A　外国語の新聞です。　　B　英語の辞書です。

C　日本語の辞書です。　　D　外国語のコーナーです。

問2 男の人はこれから何階に行きますか。

A　男の人は2階に行きます。　　B　男の人は3階に行きます。

C　男の人は4階に行きます。　　D　男の人は5階に行きます。

2　男：あ、キムさん、これから授業?

女：ううん。パソコン室。インターネットを使って調べたいことがあって。

男：予約はしてあるの?

女：予約?予約しなければ使えないの?

男：ううん。席が空いていれば使えるよ。でも、利用する人がとても多いからね。前の日までに、予約しておけば、必ず使えるよ。

女：そうなの。今日は無理かなあ。

男：さあ。空いているかもしれないから、行ってみたらどう?

女：そうね。行ってみるわ。

問1 女の人はなぜパソコン室に行きますか。

A　授業があるからです。　　B　席を予約したいからです。

C　友達と約束があるからです。　　D　インターネットを使いたいからです。

問2 パソコン室について正しい説明はどれですか。

A　予約しなければ利用できないようです。

B　一人で利用するのは無理なようです。

C　大勢の人が利用しているようです。

D　今日は閉まっているようです。

三、問答問題

スミスさんが電話しています。スミスさんはいつ取引先に行きますか。

スミス：一度お目にかかりたいんですが、今週のご都合はいかがでしょうか。

中　川：では、明日はいかがでしょうか。

スミス：はい、結構です。お時間は？

中　川：そうですね。3時ごろはいかがですか。

スミス：はい。では、明日の3時に伺います。

中　川：お待ちしています。

スミス：では、失礼します。

質問：スミスさんはいつ取引先に行きますか。

A　今日の3時　　B　今週の3時

C　明日の3時　　D　明日の2時

11. ローラー付きスニーカー　CD 2-11

昨日、スーパーで買い物しているとき、子供が急に目の前に出てきて驚いた。子供が、突然何かに乗って滑ってきて、ぶつかりそうになったのだ。よく見ると、それはローラー付きスニーカーだった。このスニーカーのかかとには、ローラーが付いていて、つま先を上げるとスーッとすべることができるのだ。その形と便利さと新しさで人気が出て、これまでに8万５千足以上も売れているという。

このスニーカーについては、人が多い場所で使用するのは危険だという意見も多い。しかし、「このスニーカーで外に出てはいけない」という法律は無い。ないけれども、親は子供にマナーを守って利用することを教えなければいけないと思う。

テスト11

一、応答問題

1　明日学校に行きますか。
　A　いいえ、行きませんでした。　　B　いいえ、行きません。
　C　いいえ、そうではありません。

2　なかなかバスが来ませんね。
　A　お客がいないんでしょう。　　B　料金が高いんでしょう。
　C　道が込んでいるんでしょう。

3　あのう、どうかしましたか。
　A　いいえ、何もしませんよ。　　B　いいえ、何もしませんでしたよ。
　C　いいえ、大丈夫ですよ。

4　さっきからずっと眠そうですね。
　A　夕べとてもよく眠れたんですよ。　　B　夕べあまり眠れなかったんですよ。
　C　夕べからずっと眠っているんですよ。

5　山田さんが結婚するそうですよ。
　A　そうですか。なんですか。　　B　そうですか。いつですか。
　C　そうですか。どれですか。

二、会話問題

1　男：すみません。ちょっとお聞きしますが、このバスは西山病院に行きますか。
　女：西山病院に行くバスはこれじゃなくて、あのバスです。
　男：あ、あの一番前のバスですか。
　女：ええ、市役所行きって書いてありますね。あのバスです。
　男：ああ、あれですか。どうもありがとうございます。

問1 男の人はこれからどこへ行きますか。
　A　市役所へ行きます。　　B　西山病院へ行きます。
　C　女の人のアパートへ行きます。　　D　家へ帰ります。

問2 男の人はどのバスに乗ればいいかわかりましたか。
　A　はい、バスで行きます。　　B　はい、バスに乗ります。
　C　はい、わかりました。　　D　いいえ、わかりませんでした。

2　女：山田さん、今度の土曜日は何か予定がありますか。
男：土曜日は、映画でも見に行こうと思っていたんですけど。何か?
女：ジョンさんと一緒にボウリングをするんですけど、一緒にいかがですか。
男：すみません。私、ボウリングはあまりしたことがないんです。下手なんですよ。
女：大丈夫ですよ。わたしもジョンさんもそんなにうまくないですから。
男：じゃ、行きましょうか。
女：よかった。それじゃ、1時に迎えに行きますね。
男：車で行くんですか。
女：ええ、ジョンさんの車で行くことにしたんです。

問1 男の人は土曜日に何をしますか。
A　友達とドライブに行きます。　B　友達とボウリングをします。
C　友達と映画を見ます。　D　友達の家で遊びます。

問2 男の人は1時にどこで待っていればいいですか。
A　女の人のうちで待ちます。　B　ジョンさんのうちで待ちます。
C　自分のうちで待ちます。　D　ジョンさんの車で待ちます。

三、問答問題

スミスさんが電話をしています。スミスさんは何を聞かれていますか。

スミス：小林さんは、いらっしゃいますか。
取引先：失礼ですが……。
スミス：あ、スミスと申します。
取引先：どちらのスミス様でしょうか。
スミス：ＡＢＣ商事のスミスと申します。
取引先：ＡＢＣ商事のスミス様ですね。少々お待ちください。
質問：スミスさんは何を聞かれていますか。

A　スミスさんが誰か。
B　スミスさんが誰と話したいか。
C　スミスさんがどこから電話しているか。
D　スミスさんは何をしたいか。

12. トイレ

CD 2-12

正文

オフィスビルのトイレでは最近常識を超えたことが起きているようだ。掃除をしている人の話によると、最近、トイレの個室の中にお茶のペットボトルやおにぎりの袋を見つけることがあるそうだ。どこかで食べたり飲んだりした後に、ここに入って捨てたのではなくて、どうやらここで食べたらしい。「えっ!トイレで食事？」と思うかもしれないが、実際にしたことがある人にインタビューしてみた。その人は「だって、会社の中でひとりになれるのはここしかないでしょう。それに、中はきれいだし、ここで食べているととってもほっとするんです。」と答えた。ストレスから自分を守る方法なのだろう。

テスト12

一、応答問題

1　ご結婚おめでとうございます。

A　どういたしまして。　　B　ありがとうございます。

C　おかえりなさい。

2　今度の日曜日には何をしますか。

A　晩御飯を食べます。　　B　10時に起きます。

C　友達に会います。

3　この漢字の読み方を教えてください。

A　それは「あお」と読みます。　　B　それは「あお」と書きます。

C　それは「あお」と教えます。

4　それじゃ、お先に失礼します。

A　ええ、また明日。　　B　いいえ、けっこうです。

C　いいえ、どういたしまして。

5　苦しそうですね。どこか痛いんですか。

A　ええ。お金がないんです。　　B　ええ。ちょっとおなかが。

C　ええ。どこかへ行きたいですね。

二、会話問題

1　女：ジョンさん、週末にアメリカからご両親が来るそうですね。

男：ええ。今度の土曜日に来ます。

女：どのくらいいるんですか。

男：四日間です。来週の火曜日に帰ります。両親は日本は初めてなんで、日曜日に京都に連れて行ってあげようと思っています。

女：それはいいですね。一泊二日ですか。

男：ええ。ゆっくり観光したいですから。

女：いいところですからね。でも、ジョンさん、仕事は?

男：あ、月曜日はお休みをもらいました。

問1　ジョンさんの両親はいつ日本に来ますか。

A　月曜日です。　B　火曜日です。

C　土曜日です。　D　日曜日です。

問2　ジョンさんはどうして会社を休みますか。

A　友達と旅行するからです。　B　体の調子が悪いからです。

C　アメリカに帰るからです。　D　京都に行くからです。

2　男：あのう、明日どこかへ出かけますか。

女：いいえ。どこへも。

男：それじゃ、一緒にテニスをしませんか。私のうちの近くにとてもいいテニスコートがあるんですよ。

女：いいですよ。

男：それじゃ、朝10時に駅で待っています。駅から一緒に行きましょう。

女：わかりました。楽しみですね。

問1　二人は明日何をしますか。

A　仕事をします。　B　テニスをします。

C　掃除をします。　D　買い物をします。

問2　二人は明日どこで会いますか。

A　男の人のうちです。　B　女の人のうちです。

C　男の人のうちの近くです。　D　駅です。

三、問答問題

スミスさんが取引先を訪問しています。スミスさんはこれからどうしますか。

スミス：すみません。

受　付：はい。

スミス：ＡＢＣ商事のスミスと申します。3時に中川様とお約束しているんですが。
受　付：はい、では、こちらへどうぞ。
（応接室に通される）
スミス：失礼します。
受　付：中川はすぐに参りますので、少々お待ちください。
質問：スミスさんはこれからどうしますか。
A　自分の会社に帰る。　B　受付で待ちます。
C　中川さんに電話する。　D　中川さんを待つ。

13. テレビレポーターの話　CD 2-13

正　文

あ、皆さん、こんにちは。今、この本を読んでいたんですが、なかなかいいですね。これはマンガなんですけど、大人のために書かれたものです。ほら、見てください。内容は経済についてなんですよ。勉強のためのマンガです。

日本のマンガの特徴は、いろいろなタイプがあることですね。子供のマンガ、大人のマンガ、そして楽しむマンガ、勉強のためのマンガ。もちろん勉強はマンガだけではだめです。でも、マンガで書いてあると、専門的な難しい内容がよくわかります。それがいい点ですね。今、こういう勉強のためのマンガがけっこう売れています。

テスト13

一、応答問題

1　あの人は佐藤さんですか。
A　いいえ、佐藤さんではありません。　B　いいえ、佐藤さんはありません。
C　いいえ、佐藤さんはしません。

2　その辞書、借りてもいいですか。
A　ごめんなさい。今使っているんです。　B　ごめんなさい。今借りてください。
C　ごめんなさい。早く返してください。

3　スキーができますか。
A　いいえ、上手です。　B　いいえ、できません。
C　いいえ、しませんでした。

4　それは一ついくらですか。

A　一つ百円ですよ。　　B　たくさんありますけど。

C　お金はありませんけど。

5　今度、お宅に伺ってもよろしいですか。

A　ええ、何でも聞いてください。　　B　ええ、いつでも来てください。

C　ええ、どこでも行ってください。

二、会話問題

1　男：あ、山本さん、今日の会議のことだけど。

女：はい、何でしょうか。

男：4時からの予定だったけど、2時からにするから、みんなにそう伝えておいてくれるかなあ。

女：2時からですね。わかりました。場所は同じ第一会議室でよろしいですか。

男：ええと、あそこは別の課の人が使うから、第二会議室にしよう。

女：はい、わかりました。第二会議室ですね。

男：連絡は午前中にしておいてね。

女：はい、これからすぐしておきます。

問1 会議は何時からになりましたか。

A　午前中になりました。　　B　2時からになりました。

C　3時からになりました。　　D　4時からになりました。

問2 女の人はこれからどうしますか。

A　外に出ます。　　B　別の課の人と相談します。

C　第一会議室で準備します。　　D　ほかの人に連絡します。

2　男：りーさん、おはよう。

女：あ、堅さん。おはようございます。

男：あれ?その指はどうしたの？

女：あ、これですか。ちょっとガラスで切ったんです。

男：ガラスで?　危ないね。どうして切ったの?

女：昨日コップを洗っている時に、コップが割れて、それで、切ってしまったんです。

男：病院に行ったの?

女：いいえ。そんなに大きな怪我じゃないから。

男：でも、それじゃ、字を書くのが大変だね。今日の授業、大丈夫?　ペンが使える?

女：大丈夫よ。さあ、教室に入りましょう。

問1 女の人はいつ怪我をしましたか。

A　ガラスを捨てるときです。　　B　ガラスを運ぶときです。

C　指を切っているときです。　　D　コップを洗っているときです。

問2 二人はこれから何をしますか。

A　病院にいきます。　　B　学校の授業に出ます。

C　男の人のうちに行きます。　　D　女の人のうちに行きます。

三、問答問題

ヤンさんが同じ会社の男の人と話しています。ヤンさんがほしいフロッピーはどこにありますか。

ヤン：あのう、フロッピーはどこですか。

同僚：フロッピー。初期化されたものですか。

ヤン：はい。

同僚：初期化されたものでしたら、そこのキャビネットの一番下です。

ヤン：はい。

同僚：で、初期化されていないものは、その上です。

ヤン：はい、ありがとうございます。

質問：ヤンさんがほしいフロッピーはどこにありますか。

A　一番下　　B　下から二番目

C　一番上　　D　上から二番目

14. 社員旅行について　CD 2-14

えーと、今年の社員旅行のことなんですが、日程は、もう知っていると思いますが、6月11日、12日の一泊二日です。それで、毎年温泉に行くことは決まっていますが、どこの温泉に行くかは、みんなの希望を聞いて、一番希望が多かったところに決めます。

それでは、これから温泉の名前と場所を書いた紙を配ります。

えー、場所は全部10あります。この中から行きたい温泉を一つ選んでマルをつけて、出してください。どんな温泉か簡単な紹介文もあるので、選ぶときに参考にしてください。それから、都合が悪くて、旅行に参加できない人も、希望を知りたいので、紙を出してください。

應用練習

テスト14

一、応答問題

1　誕生日はいつですか。

A　9月1日です。　　B　24歳です。

C　プレゼントをもらいます。

2　一緒に食事をしませんか。

A　はい、しません。　　B　いいえ、いっしょではありません。

C　すみません。今日はちょっと…

3　熱があるなら、早く帰った方がいいですよ。

A　はい。そうします。　　B　はい。そうしました。

C　はい。帰りました。

4　朝のニュースを見ましたか。

A　はい、見ます。　　B　はい、見ましょう。

C　いいえ、見ませんでした。

5　山田さん、来週の旅行に行けなくなったそうですよ。

A　それは難しいですね。　　B　それは残念ですね。

C　それは面白いですね。

二、会話問題

1　女：もしもし。

男：もしもし。田中ですけど。

女：あ、田中さん、どうしたんですか。約束は6時だったんでしょう。もう6時半ですよ。私、もう帰りますよ。

男：ごめんなさい。仕事がたくさんあって…、今終わったんです。これから会社を出ますから、もう少し待っていてください。ええと、駅前のボルボという喫茶店ですよね。

女：ええ。何時ぐらいになりますか。

男：ええと、今6時半だから、7時までに行けると思います。

女：わかりました。じゃ、後３０分だけ待ちます。

男：ごめん。

問1 男の人に何時に電話しましたか。

A　５時半です。　　B　６時です。

C　６時半です。　　D　７時です。

問2 女の人はこの電話の後、どうしますか。

A　喫茶店で男の人を待ちます。　　B　男の人に会いに会社に行きます。

C　すぐ家に帰ります。　　D　会社を出て喫茶店へ行きます。

2　女：はい、森です。

男：山本ですけど、こんにちは！

女：あ、山本さん、こんにちは！

男：森さんにちょっとお願いがあるんだけど。

女：えっ、何?

男：実は、来週からちょっと旅行に行くんだけど、カメラを貸してもらえないかなあと思って。

女：カメラ?　山本さんも持っているんでしょう。

男：うん。でも、壊れてしまって。

女：あ、そうなの。いいわよ。でも、お土産は忘れないでね。

男：もちろん。森さんの好きなお菓子を買ってくるよ。じゃ、これからカメラを取りにそっちに行ってもいい?

女：ええ、いいわよ。

問1 女の人は男の人に何をしますか。

A　カメラを売ります。　　B　カメラを貸します。

C　お菓子を上げます。　　D　お土産を上げます。

問2 男の人について正しい説明はどれですか。

A　旅行に行くつもりです。　　B　カメラをなくしました。

C　明日女の人のうちに行きます。　　D　車が壊れて困っています。

三、問答問題

ヤンさんが同じ会社の男の人と話しています。ヤンさんはどれをクリックしますか。

ヤン：ねえ。

同僚：何？

ヤン：山田さんからのメール、みんなにも送りたいんだけど、どうすればいいの？

同僚：ああ、転送をクリックすればいいんだよ。

ヤン：転送？

同僚：そう。左から2番目。

ヤン：2番目ね。どうも。
質問：ヤンさんはどれをクリックしますか。

A　返信　　　B　転送
C　削除　　　D　印刷

15. 新入社員への話　CD 2-15

おはようございます。えー、新入社員の皆さん、明日から研修が始まります。これがそのプログラムです。研修は三日間ですが、人数が多いので、二つのグループに分かれます。

Aのグループは明日から金曜日までの三日間です。そしてBのグループは来週の月曜日から三日間です。誰がどちらのグループかは、このプログラムに書いてあります。間違えないようにしてください。

それでは、Aグループの人は、研修に必要なものを渡すので、ここに残ってください。Bのグループの人は自分の課に戻って、仕事を始めてください。

テスト15

一、応答問題

1　この本は田中さんのですか。

A　はい、田中さんです。　　　B　はい、読みました。
C　はい、そうです。

2　いつ旅行に行きますか。

A　来月行きます。　　　B　ハワイに行きます。
C　旅行に行きます。

3　どこに電話したんですか。

A　自分のうちに電話しました。　　　B　会社から電話しました。
C　友達のうちに電話しました。

4　この仕事５時までに終わりますか。

A　終わりそうもありませんね。　　　B　終わってしまいましたね。
C　終わりませんでしたね。

5　疲れましたね。少しやすみませんか。

A　ええ、休んでいます。　　B　ええ、休むでしょう。

C　ええ、休みましょう。

二、会話問題

1　女：ねえ、佐藤君。ボランティアに興味ある?

男：ボランティア？　うん、興味があるよ。

女：そう。今何かやってる？

男：今はやってないけど。

女：実はね、私、今、お年寄りに本を読んであげるボランティアをしているの。

男：へえ、本を読んであげるの？

女：うん。一週間に一回、土曜日だけだけどね。ねえ、佐藤君もやってみたい？

男：僕は土曜日はアルバイトがあるから。

女：えっ、そうなの。大変ね。

男：だから、ちょっと無理だね。

問1 女の人は、今、どんなボランティアをやっていますか。

A　お年寄りのために本を作ります。　　B　お年寄りのために本を読みます。

C　お年寄りのために本をあげます。　　D　お年寄りのために本を書きます。

問2 男の人は、なぜこのボランティアをやりませんか。

A　興味がないからです。　　B　本が嫌いだからです。

C　一週間に一回だからです。　　D　アルバイトがあるからです。

2　男：田中さん、今度の土曜日にどこかへ出かけますか。

女：いいえ、うちにいますけど。

男：この映画、一緒に見に行きませんか。

女：あ、この映画、私も見たかったんです、いいですよ。ええと、チケットはどうしますか。

男：私が買っておきますよ。

女：いくらですか。今、お財布にあまりお金がなくて…

男：１５００円ですけど、後でいいですよ。

女：そうですか。すみません。

男：それで、映画は２時に始まるから、１時に映画館の前で会いましょうか。

女：いいですよ。それじゃ、土曜日の１時に。

問1 二人は土曜日の何時に会いますか。

A	1時に会います。	B	2時に会います。
C	3時に会います。	D	4時に会います。

問2 女の人について、会話の内容に合っているのはどれですか。

A　男の人から映画のチケットをもらいました。

B　財布を家に忘れたのでお金はありません。

C　男の人に後でチケットのお金を払います。

D　この映画はあまり好きじゃないそうです。

三、問答問題

スミスさんと同じ会社の女の人が話しています。この後スミスさんはどのボタンを押しますか。

スミス：ちょっとよろしいですか。

同　僚：はい。

スミス：あのう、縮小コピーは、どうすればいいですか。

同　僚：縮小コピーは、左から2番目のボタンです。

スミス：左から2番目。

同　僚：縮小は、下向きの矢印、拡大は上向きの矢印です。

スミス：ああ。ありがとうございます。

質問：この後スミスさんはどのボタンを押しますか。

A	等倍	B	縮小
C	拡大	D	用紙選択

16. 送別会の相談　CD 2-16

すみません、忙しいのに、集まってもらって。ええと、山本係長は今月で会社をやめることになったのは、もう聞いていますよね。それで、係長の好きなイタリア料理のレストランで、送別会を今月開いたらどうかなあと思っています。それから、たいへんお世話になったので、プレゼントも何かあったほうがいいと思うんです。一人1000円ずつ出して、10人いるから、全部で一万円。これで何か買ったらどうかなあと思っています。

でも、今日来ていない小川さんの意見も聞かないと決められませんね。それじゃ、明日小川さんが来たら、もう一度集まって、送別会の日にちと場所もその時、決めましょう。早く決めたほうがいいですからね。

テスト16

一、応答問題

1　土曜日には何をしますか。

A　映画を見ます。　　B　土曜日は天気がいいです。

C　土曜日は１５日です。

2　この漢字は何と読むんですか。

A　もう一度読んでください。　　B　私も読めませんね。

C　書き方はわかりません。

3　この写真の人は誰ですか。

A　私の家です。　　B　私の兄です。

C　私の車です。

4　この仕事、すぐやったほうがいいですか。

A　じゃ、次にこれをお願いします。　　B　すぐに終わりましたね。

C　明日でもいいですよ。

5　あ、またコピー機が故障したみたい。

A　じゃ、これもコピーしてくれる？

B　具合が悪いから、帰ってもいいですよ。

C　えっ、昨日直したばかりなのに。

二、会話問題

1　女：はい。メニュー。何にしますか。

男：そうですね。僕はこのチーズケーキとコーヒーにします。

女：じゃ、私は、チョコレートケーキと…、飲み物は紅茶にします。この店のチョコレートケーキは有名なんですよ。

男：そうなんですか。じゃ、僕もそれにしますよ。

女：じゃ、ケーキは同じものでいいですね。

男：ええ。

問1 男の人は何を飲みますか。

A　ジュースです。　　B　紅茶です。

C　コーヒーです。　　D　お酒です。

問2 男の人は何を食べますか。

A　チョコレートケーキです。　　B　チーズケーキです。

C　サンドイッチです。　　D　何も食べません。

2　男：あ、田中さん。ちょっといいですか。

女：なんですか。

男：実は、来月イタリアへ旅行に行こうと思っているんです。

女：それはいいですね。何日間ですか。

男：一週間の予定です。それで、ちょっとお願いがあるんです。田中さんは前、イタリアで仕事をしていましたよね。

女：ええ。１年ぐらい。

男：イタリアのことをよく知っていると思うので、アドバイスをもらいたいと思って。

女：いいですよ。それじゃ、今日、仕事が終わってから、また話しましょうか。

男：ありがとうございます。それじゃ、５時半にこのビルの一階で会いませんか。

女：いいですよ。それじゃ、また。

問1 男の人は仕事でイタリアに行きますか。

A　はい、仕事で行きます。　　B　いいえ、一週間の予定です。

C　いいえ、一年ぐらい行きます。　　D　いいえ、旅行で行きます。

問2 男の人について正しい説明はどれですか。

A　後で田中さんからアドバイスをもらいます。

B　今日５時半に田中さんのうちに行きます。

C　前、イタリアで仕事をしていました。

D　今日仕事が終わってからイタリアに行きます。

三、問答問題

スミスさんが電話しています。スミスさんはこの後どうしますか。

取引先：はい、ヤマト物産です。

スミス：ＡＢＣ商事のスミスと申しますが、小林さんをお願いします。

取引先：はい、少々お待ちください。

質問：スミスさんはこの後どうしますか。

A　電話を切る。　　B　電話を掛けなおします。

C　このまま待つ。　　D　後でもう一回掛けます。

17. むだをなくそう

CD 2-17

正文

AMCの社長が新しい規則について話しています。

皆さん、今年の目標は「むだをなくそう」です。今までの働き方を変えて、いろいろなむだをなくしましょう。まず、時間は大切です。会議は時間のむだです。今まで、ほとんど午後会議をしていましたが、これから長い会議は開かないで、毎朝15分ミーティングをします。ミーティングのときは、座らないで、立ってします。

残業も多いです。これからは残業しないで、5時までに仕事を終わってください。それから、むだなお金も使いません。出張は日本の中だったら、ホテルには泊まらないで、朝行って、夜帰ってください。また、新幹線で行ける所は飛行機を使わないで、新幹線に乗ってください。

紙のむだ使いも多いです。本当にコピーが要るときだけしてください。資料はファクスで送らないで、イーメールで送ってください。電気のむだもなくします。飲み物の自動販売機は来月からありません。エアコンは28度より暑い日しかつけてはいけません。夏は今年からスーツの上着は着ないで、シャツだけで会社へ来てもいいです。では、みなさん、今日から頑張ってください。

テスト17

一、応答問題

1　あのう、今ちょっといいですか。

　A　はい、いつですか。　　B　はい、何ですか。

　C　いいえ、これはよくないです、

2　誰が一番上手ですか。

　A　一番ではありません。　　B　田中さんです。

　C　上手じゃありません。

3　その映画は面白かったですか。

　A　はい、映画は大好きです。　　B　いいえ、日本の映画でした。

　C　いいえ、つまらなかったです。

4　ねえ、今日の新聞、どこにある？

A　えっ、それ、新聞じゃないわよ。　B　ほら、テーブルの下よ。

C　ええ、そこにあるわよ。

5　ねえ、この雑誌にかいてあること、ほんとうなのかな。

A　うーん、それは雑誌だと思うけど。　B　うーん、私はうそだと思うけど。

C　うーん、その雑誌は安いと思うけど。

二、会話問題

1　男：今週、田中さん、授業に出ていないね。旅行に行ったのかな。

女：あれ？知らなかったの？田中さん、入院してるよ。

男：入院？

女：ええ。風邪を引いて、すぐに治るだろうと思って病院に行かなかったそうなの。それで、すごく悪くなってしまって。

男：そうだったの。知らなかったな。いつから？

女：先週の金曜日から入院しているそうよ。

男：そうなんだ。お見舞いに行こうか。

女：そうね。今日、授業が終わったら一緒に行きましょう。私、その病院の場所を知っているから。

男：そうだね。

問1　田中さんはどうして学校を休んでいますか。

A　旅行に行ったからです。　B　授業がないからです。

C　病気になったからです。　D　勉強が嫌いだからです。

問2　二人は今日何をしますか。

A　田中さんに会いに病院にいきます。　B　田中さんに会いに家に行きます。

C　田中さんに会いに学校に行きます。　D　田中さんと一緒に病院に行きます。

2　男：すみません。アメリカへこの手紙を送りたいんですが、いくらでしょうか。

女：ええと、これは１９０円ですね。

男：あ、それと、この荷物も送りたいんですけど。

女：これもアメリカですか。

男：ええ、そうです。

女：こちらは６００円になります。

男：そうですか。それじゃこの二つお願いします。

問1 ここはどこですか。

A　銀行です。　　B　学校です。

C　郵便局です。　　D　アメリカです。

問2 男の人は全部いくら払いますか。

A　１９０円です。　　B　６００円です。

C　７９０円です。　　D　二つ払います。

三、問答問題

スミスさんが取引先に電話しています。スミスさんはどうしますか。

取引先：はい、ヤマト物産でございます。

スミス：あの、ＡＢＣ商事のスミスと申しますが、小林さんはいらっしゃいますか。

取引先：申し訳ございません。小林はお休みをいただいておりますが。

スミス：そうですか。

取引先：明日こちらからお電話さしあげましょうか。

スミス：すみません。では、お願いします。

質問：スミスさんはどうしますか。

A　今日もう一度電話する。

B　明日もう一度電話する。

C　今日小林さんから電話がかかってくるのを待つ。

D　明日小林さんから電話がかかってくるのを待つ。

18. 別れの挨拶

CD 2-18

正　文

田中部長、今日で35年の会社生活が終わって、明日からは新しい生活が始まるんですね。おめでとうございます。わたしは部長にいろいろおせわになって、たくさんのことを教えていただきました。残業したとき、「腹が減ってはいくさができぬ。まず食べよう」と言って、牛どんを食べに連れて行ってくださいました。『腹が減ってはいくさができぬ』は『おなかがすいたら、いい仕事ができない』という意味だと教えてくださいました。病気になったときも、お見舞いに来てくださいました。社員旅行で何か歌えと言われて、困っていたとき、部長がいっしょに歌ってくださいました。田中部長、ありがとうございました。ほんとうにお疲れさまでした。

應用練習

テスト18

一、応答問題

1　それじゃ、行ってきます。

A　はい、いってらっしゃい。　　B　はい、行ってきます。

C　はい、お帰りなさい。

2　田中さんはどんな人ですか。

A　田中さんは、今いませんよ。　　B　電話番号は知りません。

C　面白い人ですよ。

3　元気ないねえ。どうしたの？

A　部長に叱られてね。　　B　社長に褒められてね。

C　友達にお祝いをもらってね。

4　明日何をもってくればいいですか。

A　明日何もいりません。　　B　明日は早く来てください。

C　明日は都合がいいです。

5　その荷物、重いでしょう。一つ持ちましょうか。

A　それじゃ、お願いします。　　B　それじゃ、手伝います。

C　それじゃ、助けます。

二、会話問題

1　男：ねえ、ねえ、木村さん。これ木村さんの財布じゃない？

女：あ、ほんと。どこにあったの？

男：図書館の机の上。さっき帰るとき忘れたでしょう。

女：あ、そうだ。でも、よかった。これ、とっても大切な財布なの。

男：お金がたくさん入っているの？

女：ううん。お金は少ししか入ってないんだけど、大切な写真が入れてあるの。

男：へえ、ボーイフレンド？見せて、見せて。

女：じゃ、少しだけね。ほら。

男：へー、かっこういいね。

問1 女の人は財布をどこに忘れましたか。

A　自分の家です。　　B　木村さんの家です。
C　ボーイフレンドの家です。　　D　図書館です。

問2 財布の中に何が入っていましたか。

A　写真だけが入っていました。　　B　お金だけ入っていました。
C　お金と写真が入っていました。　　D　何も入っていませんでした。

2　女：田中さん、今週の土曜日は暇ですか。
男：今週の土曜日ですか。暇ですけど、どうしてですか。
女：夜、うちでパーティーをするんです。田中さんもぜひ来てください。
男：ええ、喜んで。何時からですか。
女：７時からです。私が国の料理を作るんですよ。
男：へえ。それは楽しみですね。何か飲み物を持って行ったほうがいいですか。
女：飲み物もありますから、大丈夫ですよ。
男：でも少しお菓子を持っていきますよ。
女：じゃ、お願いします。

問1 パーティーはいつありますか。

A　今晩７時です。　　B　今週の土曜日です。
C　今週の日曜日です。　　D　来週の土曜日です。

問2 男の人はパーティーに何を持っていきますか。

A　国の料理です。　　B　飲み物です。
C　お菓子です。　　D　何も持って行きません。

三、問答問題

スミスさんが同じ会社の女の人と話しています。女の人は今から何をしますか。

スミス：佐藤さん、今、ちょっといいですか。
佐　藤：はい。
スミス：昨日コピーしてもらった資料に変更があって…。
佐　藤：はい。いいですよ。
スミス：すみません。お願いします。
質問：女の人は今から何をしますか。

A　資料をコピーする。　　B　会議に出る。
C　資料のグラフをなおす。　　D　資料を書き直す。

19. アトラス　CD 2-19

正　文

皆さん、この工場では有名な「アトラス」が作られています。アトラスは猫の形のロボットで、わたしたちの会社「トニー」の若いエンジニアのグループによって設計されました。この工場では、1ヶ月に200台ぐらい作られています。今、アトラスはいろいろな所で使われています。特に小さい子どもやお年寄りがいる家で、とても人気があります。アトラスはいろいろなことができます。いっしょに遊べるし、簡単な仕事も手伝えます。体が太いですから、スポーツは上手ではありませんが、動き方がとてもかわいいと言われます。また、頭がよくて、教えれば、ことばを覚えますから、お話をしたり、歌を歌ったりします、簡単な質問にも答えられます。いくら話しても、全然疲れませんから、お年寄りと何回でも同じ話ができます、簡単な質問にも答えられます。今、アトラスは子どもとお年寄りの「いちばんのお友達」と呼ばれて、最近、ファンクラブが作られました。アトラスで世界はひとつ…これがわたしたち、トニーの夢です。

テスト19

一、応答問題

1　駅はここから遠いですか。

A　いいえ、ここじゃありません。　　B　いいえ、早いですよ。

C　いいえ、近いですよ。

2　ゆっくり話してください。

A　いいえ、けっこうです。　　B　いいえ、どういたしまして。

C　はい、わかりました。

3　日本料理の中で何が一番好きですか。

A　ええと、てんぷらです。　　B　ええ、おいしいですね。

C　いいえ、ここにはありません。

4　昨日のテストはどうでしたか。

A　あまりできました。　　B　だいたいできました。

C　いつもできました。

5　目が赤いですけど、どうしたんですか。

A　昨日は青かったんですよ。　　　B　昨日たくさん寝たんですよ。

C　昨日あまり寝なかったんですよ。

二、会話問題

1　女：すみません、日本語の辞書を買いたいんですが、どの辺にあるでしょうか。

男：辞書でしたら、奥の右側に置いてあります。

女：外国人用の辞書もそこですか。

男：ええと、外国人用のものは別のコーナーですね。２階に外国語の本のコーナーがありますから、そこに置いてあります。

女：２階のどの辺でしょうか。

男：２階のレジの横が外国語のコーナーです。

女：２階へは、どうやって。

男：あちらの階段から行けます。

女：どうもありがとうございます。

問1 男の人は何をしましたか。

A　女の人に日本語を教えました。

B　女の人に本屋の場所を教えました。

C　女の人に辞書の売り場を教えました。

D　女の人にコーナーの意味を教えました。

問2 女の人はこれからどうしますか。

A　１階で辞書を買います。

B　２階で辞書を買います。

C　男の人と２階に行きます。

D　２階で仕事をします。

2　女：もしもし、森さんのお宅ですか。

男：はい、そうですが。

女：田中と申しますが、二郎さんはいらっしゃいますか。

男：兄は今出かけていますけど。何時に帰るかちょっとわからないんですが。

女：そうですか。それじゃ、お兄さんに伝言をお願いできますか。

男：ええ。どうぞ。

女：今晩、私のうちに電話してください、と伝えてください。

男：今晩、田中さんのうちに電話するんですね。

女：はい。お願いします。

問1 女の人は誰と話しましたか。

A　二郎さんです。
B　二郎さんのお父さんです。
C　二郎さんのお兄さんです。
D　二郎さんの弟さんです。

問2 二郎さんはあとでどうしますか。

A　女の人に伝言をお願いします。
B　女のうちに電話します。
C　女の人のうちに行きます。
D　女の人に伝言を伝えます。

三、問答問題

ヤンさんが同じ会社の男の人と話しています。男の人は何をしますか。

ヤン：小川さん、明日から大阪支店に出張しますよね。

小川：ええ、そうですよ。

ヤン：すみませんが、これを支店長に渡していただけませんか。

小川：いいですよ。何ですか。

ヤン：お茶なんですけど…。この間お世話になったので。

小川：あ、はい。

ヤン：すみません。どうぞよろしくお伝えください。

小川：はい。伝えます。

質問：男の人は何をしますか。

A　大阪支店長にあげるお茶を買う。

B　ヤンさんといっしょに大阪支店長に会う。

C　大阪支店長にお茶を渡す。

D　大阪支店長のお世話になる。

20. マザーテレサ

CD 2-20

正　文

マザーテレサは1910年にヨーロッパの古い町、スコピエで生まれたのです。子どものとき、彼女はよく両親といっしょに教会へ行きました。

テレサは15歳ぐらいのとき、教会の人からインドについていろいろ聞きましたので、インドへ行こうと決心しました。インドへ行って、病気の人や貧乏人の役に立ちたいと思いました。そして1928年、彼女が18歳のとき、インドへ行きました。

1931年から1948年までインドの学校で教えました。1948年に教師をやめてから、病気の人や両親がいない子どものうちを作りました。

1979年12月、69歳のとき、テレサはノーベル賞をもらいました。

マザーテレサは3回日本へ来たことがあります。それは71歳と72歳と74歳のときです。2回目に日本へ来たとき、長崎へ行って、お祈りをしました。1997年になくなりました。87歳でした。

テスト20

一、応答問題

1　あのう、今晩暇ですか。

A　はい、こんばんは。　　B　はい、こんばんです。

C　いいえ、忙しいです。

2　少し急ぎましょうか。

A　ええ、少しです。　　B　ええ、そうしましょう。

C　ええ、急ぐでしょう。

3　あれ？　何かやってるのかなあ。

A　うん、もう少しやろうか。　　B　うん、たくさん人が集まってるね。

C　ううん、もう十分にやったから。

4　あのう、こちらの席は空いていますか。

A　ええ、入っていますから、どうぞ。

B　ええ、空いていますから、どうぞ。

C　いいえ、閉まってますから、だめです。

5　パーティーの場所はどこにしましょうか。

A　山本さんのうちはどこですか。　　B　山本さんのうちはどうですか。

C　山本さんのうちはどうしますか。

二、会話問題

1　女：山田さん、ちょっと手伝ってもらえますか。

男：なんですか。

女：今日、この教室に学生が集まって、パーティーをするんです。それで、大きいテーブルが二つ要るんですよ。

男：どこから持ってくるんですか。

女：2階の倉庫です。あの使わない椅子やテーブルを入れてある部屋です。

男：それじゃ、一人では無理ですね。

女：ええ。お願いできますか。

男：いいですよ。椅子は要らないんですか。

女：椅子は、隣の部屋から、授業の後で持ってくるから大丈夫です。

問1 二人はどこからテーブルを持ってきますか。

A 家から持ってきます。　B 隣の教室から持ってきます。

C 先生の部屋から持ってきます。　D ２階から持ってきます。

問2 テーブルは何に使いますか。

A 授業に使います。　B パーティーに使います。

C トレーニングに使います。　D 全部で二つ使います。

2 女：はい、山本です。

男：山本さん、こんにちは！キムです。

女：あ、キムさん。こんにちは。

男：あのう、今日そちらに遊びに行ってもいいですか。

女：ごめんなさい。実は、ゆうべから体の調子が悪くて。風邪を引いたようなんです。

男：それはいけませんね。病院には行きましたか。

女：これから行くつもりです。

男：一人で大丈夫ですか。

女：ええ。

男：それじゃ、早くよくなってくださいね。

女：ええ。心配してくれて、どうもありがとう。

問1 キムさんはなぜ山本さんに電話しますか。

A 山本さんが病気だったそうです。

B 山本さんが心配だったからです。

C 山本さんのうちに行きたかったからです。

D 山本さんとゆうべ約束したからです。

問2 山本さんは、これからどうしますか。

A 病院に行きます。　B キムさんのうちに行きます。

C キムさんに会います。　D 一人で遊びに行きます。

三、問答問題

スミスさんが同じ会社の女の人と話しています。女の人は今から何をしますか。

スミス：佐藤さん、悪いけど、この日本語の書類、見てくれる？

佐　藤：いつまでに？

スミス：できれば、今すぐお願いしたいんだけど。
佐　藤：え？今すぐ？これから外出なんだけど。
スミス：急いでるんだ。頼むよ。
佐　藤：しょうがないわね。じゃ、ちょっと見せて。
質問：女の人は今から何をしますか。

A　外出する　　B　手紙を書く
C　外へ急ぐ　　D　書類をチェックする

21. 言葉の説明

CD 2-21

正　文

みなさんは「こだわる」という言葉を知っていますか。辞書を引くと、まず第一の意味として、「つまらないことに対して、気を使いすぎてしまう」と書いてあります。つまり、悪い意味で、この「こだわる」を使うということです。

昔はこの意味だけでした。ところが、最近はこれと反対にいい意味で「こだわる」を使うことが多くなりました。例えば、「普通の人はしないような細かいことにまで気を使って、おいしいものを作る」という意味で、「本場の味にこだわってカレーを作る」ということもあります。これは昔にはなかったことです。

これは、私たちの社会が、「味にこだわる」のも「形や色にこだわる」のも、その人の個性の一つだと考えるようになったからではないでしょうか。つまり、普通と違うことは、別に悪いことではないんだ。個性を大切にしようとみんなが考えるようになったからだと思います。

應用練習

テスト21

一、応答問題

1　部長にそのことを話しましたか。

A　いいえ、まだです。　　B　いいえ、違います。
C　いいえ、そうじゃありません。

2　来週の旅行のことですけど、私は行かないことにしました。

A　旅行ですか。いいですね。　　B　来週ですか。早いですね。

C　そうですか。残念ですね。

3　僕の子供の時の写真見たい？

A　うん。ちょっと見て。　B　うん。ちょっと見せて。

C　うん。ちょっと取って。

4　ごめん、遅くなって。待った？

A　ううん。もう少し待ってみよう。　B　ううん。僕もさっき着いたところ。

C　ううん。もう少し早く歩こう。

5　ここにある古い本はどうしましょうか。

A　あ、それは去年買いました。　B　あ、それは日本語の本です。

C　あ、それは捨ててください。

二、会話問題

1　女：はい、日本トラベルでございます。

男：あのう、東京電気の山田と申しますが、西川さんはいらっしゃいますか。

女：申し訳ございません。西川はただいま外出しておりますが、どのようなご用件ですか。

男：社員旅行のことでご相談したいと思いまして。

女：そうですか。

男：戻るのはいつごろでしょうか。

女：４時には戻る予定です。

男：それでは、またそのころこちらからお電話いたします。

女：承知しました。失礼しますが、もう一度お名前をお願いします。

男：東京電気の山田です。それではよろしくお伝えください。失礼します。

問1 男の人は誰と話しましたか。

A　山田さんです。　B　電話会社の人です。

C　東京電気の人です。　D　日本トラベルの人です。

問2 男の人はどうすることにしましたか。

A　後でもう一度電話をします。　B　電話が来るのを待ちます。

C　会社に戻ります。　D　伝言を残します。

2　男：佐藤さん。

女：はい、何でしょうか。

男：さくら銀行の山田さんから、電話がなかったかな。

女：ええと、今日はありませんでしたが。

男：そうか。私はこれから会議があって、席をはずすけど、電話があったら、会議室のほうに回してほしいんだ。重要な連絡だからね。

女：わかりました。会議は何時に終わりますか。

男：1時間ぐらいだから、3時に終わると思う。あ、もし、ファックスで連絡があったら、すぐにそれを会議室に持ってきてくれるかなあ。

女：会議中でもよろしいですか。

男：ああ。じゃ、頼むよ。

問1 会議は何時に終わるといいましたか。

A　1時です。　　B　2時です。

C　3時です。　　D　4時です。

問2 もし会議中に、さくら銀行の山田さんから電話があったら、どうしますか。

A　伝言をメモしておきます。

B　会議室に電話を回します。

C　会議室にファックスで知らせます。

D　会議の後で、また電話してもらいます。

三、問答問題

スミスさんが同じ会社の女の人と話しています。スミスさんはいつまでに仕事をしますか。

同　僚：スミスさん。

スミス：はい。

同　僚：この書類、入力してくれる？

スミス：急ぎですか。

同　僚：そうね。あさっての会議で報告したいから、明日中にできる？

スミス：はい、がんばります。

同　僚：じゃ、お願いします。

スミス：はい、わかりました。

質問：スミスさんはいつまでに仕事をしますか。

A　今日　　B　明日

C　あさって　　D　今週

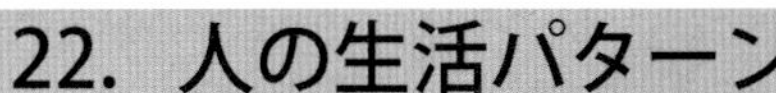

22. 人の生活パターン

CD 2-22

正文

皆さんは、朝型ですか。それとも夜型ですか。朝型というのは、朝に強い人です。夜は早めに寝て、朝早くすっきり目が覚めます。午前中から頭が良く働くタイプです。夜型というのはその反対で、夜に強い人です。

ビジネスの世界では、朝型のほうが健康的で仕事が良くできるという考え方が強いです。夜型の場合は、朝起きても、午前中は頭が働かなくて、仕事が良くできないからです。しかし、夜型の人が朝型に変わるのは難しいです。冷たい水で顔を洗えば、その時は目が覚めるかもしれませんが、あとで頭がぼうっとしてきます。

実は、体を朝型にするには、起きたら太陽の光を浴びることが大切なんです。これによって一日の体のリズムがうまく調整できて、夜には普通の時間に眠くなるのです。これを繰り返すことで、だんだん朝型に近づいていきます。

テスト22

一、応答問題

1　今の新聞はどこですか。

A　テーブルの上で見ます。　　B　テーブルの上にあります。

C　テーブルの上にいます。

2　この赤いスカートはいかがですか。

A　赤いのはちょっと…　　B　とてもおいしそうですね。

C　ほかの靴を見せてください。

3　重そうですね。全部持てますか。

A　ええ、全部終わりました。　　B　ええ、一人で大丈夫です。

C　ええ、とてもきれいですよ。

4　大丈夫ですか。少し休んだほうがいいですよ。

A　ええ、昨日休みました。　　B　いいえ、休みませんでした。

C　じゃ、そうします。

5　田中さん、残業ですか。大変ですね。

A　これ、今日中にしなくてもいいから。

B　これ、今日中にしなければいけないから。

C　これ、今日中にしないほうがいいから。

二、会話問題

1　女：部長、ちょっとよろしいでしょうか。

男：ええ。何ですか。

女：明日の会議に使う資料ができました。

男：あ、どうもありがとう。えっ？　こんなにあるの？

女：はい。多いでしょうか。

男：こんなに多いと、資料を読むだけで会議が終わってしまうよ。書くのはポイントだけにして、もう少しまとめてくれないかな。

女：わかりました。

男：あまり時間がないけど、明日の会議に間に合うかな。

女：はい、大丈夫です。直したものを3時ごろお持ちしますので、チェックをお願いします。

男：ええ。じゃ、頼みますよ。

問1 会議はいつありますか。

A　今日の午前中です。　　B　今日の午後です。

C　明日です。　　D　あさってです。

問2 なぜ資料を書き直さなければいけませんか。

A　間違いが多かったからです。　　B　字が読めなかったからです。

C　内容がつまらなかったからです。　　D　量が多すぎたからです。

2　挨拶を聞いてください。

女：皆さん、こんにちは！ブラジルから来ましたマリア・サントスです。友人からこの日本語教室のことを聞いて、来ました。日本語は国で少し勉強しましたが、まだ下手です。どうぞよろしくお願いします。

皆：よろしくお願いします。

問1 この人の国はどこですか。

A　中国です。　　B　インドです。

C　アメリカです。　　D　ブラジルです。

問2 この人は日本語がどのぐらいできるといいましたか。

A　全然できません。　　B　あまりできません。

C　よくできます。　　D　とてもよくできます。

三、問答問題

ヤンさんが会社の電話をとりました。ヤンさんはこれからどうしますか。

ヤン：はい、ＡＢＣ商事でございます。

渡辺：あ、渡辺ですけど。

ヤン：あ、課長、お疲れさまです。

渡辺：あ、ヤンさん。えーと、今日作ってもらった書類だけど、フジ食品さんにファックスしておいてください。

ヤン：はい、かしこまりました。

質問：ヤンさんはこれからどうしますか。

A　フジ食品からのファックスを受け取る。

B　フジ食品にファックスする書類を作る。

C　フジ食品にファックスを送る。

D　フジ食品からの書類を受け取る。

23. 自動翻訳機

CD 2-23

正　文

外国の人とコミュニケーションする時に一番問題になるのが言葉だ。そこで「あったらいいなあ」と思うのは自動翻訳機だ。もし相手の話していることを機械が自動的に自分の国の言葉に変えてくれたらとても便利だ。技術は進歩しているから、そんな機械をポケットに入れて持ち歩く日はそう遠くないだろう。

でも、もしそれが動物の言葉だったらどうですか。例えば、犬を飼っている人は「犬と話せたらいいなあ」と思うだろう。しかし、犬の言葉は人の言葉とは違う。犬は鳴いたり、吠えたりする。この声の意味がわかれば、犬が何を言いたいのか、どんな気持ちなのかわかるのではないだろうか。そう考えて、たくさんの犬の声を集めて、その意味を調べて、犬の声を翻訳する機械を作った会社があるそうだ。でも、反対に人間の言葉を犬の声に変えてくれるものはまだない。

テスト23

一、応答問題

1　お昼ごはんはもう食べましたか。

A　いいえ、まだです。　　B　いいえ、パンを食べました。

C　はい、昨日食べました。

2　こちらへどうぞ。

A　はい、こちらこそ。　　B　はい、失礼します。

C　はい、さようなら。

3　あのう、英語が話せますか。

A　ええ、少しだけですけど。　　B　ええ、よく聞こえますよ。

C　ええ、もう一度話してください。

4　天気がいいから、駅まで歩きませんか。

A　それじゃ、私も歩きません。　　B　そうですね。急ぎましょう。

C　そうですね。歩きましょう。

5　どうして一緒に食事に行かないんですか。

A　今日は暇なんです。　　B　今日は時間があるんです。

C　今日は都合が悪いんです。

二、会話問題

1　女：課長、ちょっとよろしいですか。

男：あ、加藤さん。いいよ。どうしたの？

女：あのう、今週の金曜日に、お休みをいただきたいんですが、よろしいでしょうか。

男：今週は忙しいからね…。来週の金曜日ならいいけどね。

女：無理でしょうか。

男：う～ん。君に頼んでおいた新しいパンフレットのことが心配でね。いつできるかなあ。

女：あのパンフレットなら大丈夫です。今週の木曜日までに作りますから。

男：それなら安心だ。じゃ、休んでもいいよ。

女：ありがとうございます。

問1 女の人は課長に何をしたいと言いましたか。

A　会社を辞めたいと言いました。　B　会社を休みたいと言いました。

C　会社を作りたいと言いました。　D　会社を変わりたいと言いました。

問2 新しいパンフレットはいつできますか。

A　今週の木曜日です。　B　今週の金曜日です。

C　来週の木曜日です。　D　パンフレットはできません。

2　女：あ、部長、お出かけですか。

男：うん。ちょっとね。

女：あのう、今日は3時に東京電気のほうがいらっしゃる予定ですけど。

男：ああ。そうだったね。今1時だから、あと2時間あるな。大丈夫。3時までに戻れると思うよ。

女：わかりました。

男：遅くなりそうなときには、外から電話をするから。

女：はい、お願いします。東京電気のほうが見えたら、会議室に案内すればいいですか。

男：そうだね。それじゃ、よろしく。

女：はい。

問1 お客は何時に来ますか。

A　1時です。　B　2時です。

C　3時です。　D　4時です。

問2 部長はこの会話の後、どこに行きますか。

A　外に行きます。　B　東京電気に行きます。

C　会議室に行きます。　D　どこにも行きません。

三、問答問題

ヤンさんと上司が話しています。ヤンさんは来週何をしますか。

上司：ヤンさん、ちょっと。

ヤン：はい、何でしょうか。

上司：来週の火曜日、フィリピンからお客さんが来るんだけど、アテンド、頼めないかな。

ヤン：はい、私でよろしければ。

上司：ああ、助かるよ。

ヤン：では、詳しいことを教えてください。

上司：うん、山田君が資料を持っているから、後でコピーをとってもらうよ。

ヤン：ありがとうございます。

質問：ヤンさんは来週何をしますか。

A　フィリピンに行く。

B　フィリピンからのお客さんを案内する。

C　資料のコピーをする。

D　フィリピンの資料を集める。

24. 人生の節目

CD 2-24

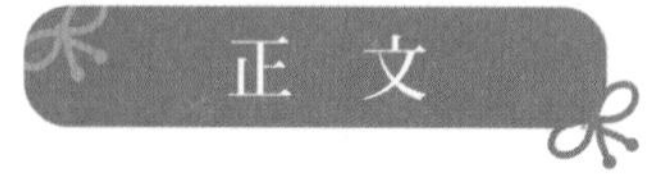

正文

人生には節目というのがあります。生まれてから死ぬまでに、生活スタイルや生き方が大きく変わる時、それが節目です。例えば、学校に入ることや会社に入ること、結婚などですね。日本の場合、二十歳からが大人ですから、この二十歳という年も人生の中で大きな節目だと言えます。

ところで、二十歳を過ぎてからの年齢の節目は何歳だと思いますか。普通は、30歳、40歳、50歳のような、ちょうど切れのいい数字を考えるのではないでしょうか。ところが、女性の場合、これとは別に、28歳という節目があると言われています。なぜ28歳かというと、女性が結婚する平均年齢がその年だからです。

確かに、結婚というのは大きな節目ですが、たとえ結婚しなくても、自分の生き方についてよく考えてみる年が、ちょうどこのころなのだろうと思います。大切なのは、こういった節目の時期に自分の生き方をよく考えてみることだと思います。

應用練習

テスト24

一、応答問題

1　明日晴れるでしょうか。

A　ええ、明日しましょう。　　B　ええ、明日でしょう。

C　ええ、雨が降らないでしょう。

2　セミナーには何人くらい来ましたか。

A　100人以上は来ていましたよ。　　B　3時間くらいやっていましたよ。

C　有名な人が来ていましたよ。

3　明日もう一度来てもらいたいんですが。

A　はい、わかりました。　　　　　　B　はい、もらいたいです。

C　はい、もう一度もらいます。

4　自転車を誰かに盗まれちゃったの。

A　ちゃんとお父さんに話さないからだよ。

B　ちゃんと鍵を掛けないからだよ。

C　ちゃんと引き出しに片付けないからだよ。

5　このペン、ちょっと借りてもいいですか。

A　ええ。わかりました。　　　　　　B　ええ。どうぞ。

C　ええ。借りてください。

二、会話問題

1　男：もしもし。

女：もしもし。私。ねえ、車でデパートまで迎えに来てほしいんだけど。

男：これから？　どうして。

女：ほら、前からほしいって言ってたテレビ。あれを買ったのよ。

男：えっ？　テレビを買いに行くなんて言わなかったじゃないか。どうして相談してくれなかったんだ。あのテレビ30万もするんだぞ。

女：特別セールで半額だったのよ。どんどん売れて、最後の一つだったんだから。30万円が半額よ。

男：信じられないな。今日デパートに行ってよかったな。

女：ええ。ラッキーだったわ。

男：配達は無料でしてくれるんだろう。

女：そうなんだけど、一番早くて、あさっての午後なのよ。あなたも早くこのテレビで映画を見たいでしょう。

男：そうだな。じゃ、これからすぐ行くよ。

問1 妻はこのテレビをいくらで買いましたか。

A　10万円　　　　　　B　15万円

C　20万円　　　　　　D　30万円

問2 夫はこの会話の後、どうしますか。

A　デパートにテレビを持っていく。　　B　テレビが届くのを待つ。

C　車でテレビを運ぶ。　　　　　　　　D　妻と一緒にデパートに行く。

2　女：ねえ、新しい車を買うことにしない？
男：新しい車？
女：今の車だと、子供たちを連れて旅行に行くとき、不便でしょう。狭くて。
男：荷物を積むと、狭くなるけど、みんな乗れるじゃない。
女：後ろのほうはとっても苦しいのよ。
男：そうか。でもね、駐車場、どうするの？
女：駐車場って？
男：今あるうちの駐車場は狭いから、大きい車は入らないよ。車を止めるときにぶつけると困るし。
女：そんなに大きいのを買わなくてもいいわよ。それに、あなた、運転上手だから大丈夫よ。
男：しょうがないな。じゃ、ちょうどいいサイズの車があるかどうか、お店に見に行こうか。
女：やった！

問1　二人は何を相談しましたか。
A　新しい家を買うかどうかです。　　B　新しい駐車場を買うかどうかです。
C　新しい店を買うかどうかです。　　D　新しい自動車を買うかどうかです。

問2　この家族は今、車を持っていますか。
A　いいえ、持っていません。
B　はい、小さい車を持っています。
C　はい、大きい車を持っています。
D　はい、荷物を積むトラックを持っています。

三、問答問題

ヤンさんと上司が話しています。ヤンさんはどんな仕事を頼まれましたか。
上司：ヤンさん。
ヤン：はい。
上司：悪いけど、明日の会議の資料、コピーしてくれる？
ヤン：はい。
上司：それから、明日は議事録をとってほしいんだけど。
ヤン：すみません。明日は大阪出張なんですが。
上司：あ、そうだったね。じゃあ、議事録は他の人に頼もう。
質問：ヤンさんはどんな仕事を頼まれましたか。
A　資料のコピー　　B　会議の記録
C　大阪出張　　D　議事録の出版

解答篇

清音（1）

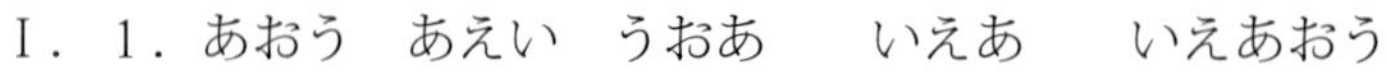

1.あいうえお

Ⅰ．1．あおう　あえい　うおあ　いえあ　いえあおう
2．あえい　いえあ　あえいお　えおあお　あいうえお

Ⅱ．1．愛（あい）　2．胃（い）　3．良い（いい）
4．家（いえ）　5．上（うえ）　6．絵（え）
7．エア　8．青い（あおい）　9．甥（おい）
10．魚（うお）

Ⅲ．1．あう　2．うえ　3．おう　4．あおう

Ⅳ．1．あいあい　あい　あう
2．あお　あい　あい
3．あおい　あおい　いえ　あおい

2.かきくけこ

Ⅰ．1．かけき　かこく　きけか　くこか　きけかこく
2．かけき　きけか　かけかく　けこかこ　かきくけこ

Ⅱ．1．買う（かう）　2．池（いけ）　3．恋（こい）
4．菊（きく）　5．声（こえ）　6．顔（かお）
7．駅（えき）　8．ケーキ　9．空気（くうき）
10．書く（かく）

Ⅲ．1．あか　2．きく　3．かこく　4．きこく

Ⅳ．1．こ
2．いか　いか
3．かき　くう

3.さしすせそ

Ⅰ．1．させし　さそす　しせさ　しそさ　しせさそす
　　2．させし　しせさ　させしそ　せそさそ　さしすせそ

Ⅱ．1．浅い（あさい）　2．貸す（かす）　3．菓子（かし）
　　4．嘘（うそ）　5．底（そこ）　6．薄い（うすい）
　　7．西瓜（すいか）　8．教え（おしえ）　9．世界（せかい）
　　10．国籍（こくせき）

Ⅲ．1．さけ　2．しそ　3．さす　4．せき

Ⅳ．1．さい　しき
　　2．すき　すす
　　3．さく　そく

4.たちつてと

Ⅰ．1．たてち　たとつ　ちてた　ちとた　ちてたとつ
　　2．たてち　ちてた　たてちと　てとたと　たちつてと

Ⅱ．1．高い（たかい）　2．年（とし）　3．家（うち）
　　4．杖（つえ）　5．知恵（ちえ）　6．相手（あいて）
　　7．遠い（とおい）　8．明日（あした）　9．地下鉄（ちかてつ）
　　10．テキスト

Ⅲ．1．いたい　2．ちかい　3．いとこ　4．てつ

Ⅳ．1．たく　たく
　　2．とく　とく
　　3．とき

5.なにぬねの

Ⅰ．1．なねに　なのね　にねな　ねのな　にねなのぬ
　　2．なねに　にねな　なねにぬ　ねのなの　なにぬねの

Ⅱ．1．犬（いぬ）　2．名前（なまえ）　3．布（ぬの）
　　4．猫（ねこ）　5．命（いのち）　6．なにしろ
　　7．盗む（ぬすむ）　8．お金（おかね）　9．除く（のぞく）
　　10．あなた

Ⅲ．1．さかな　2．きのこ　3．あに　4．にく

Ⅳ．1．なな　なな
　　2．ねこ　ねこ　ねこ
　　3．なかなか　なく

清音（2）

6.はひふへほ

Ⅰ．1．はへひ　はほふ　ひへは　ひほは　ひへはほふ
　　2．はへひ　ひへは　はへひふ　へほはほ　はひふへほ

Ⅱ．1．花（はな）　2．人（ひと）　3．財布（さいふ）
　　4．へそ　5．骨（ほね）　6．橋（はし）
　　7．飛行機（ひこうき）　8．船（ふね）　9．へなへな
　　10．細い（ほそい）

Ⅲ．1．しはい　2．ひふ　3．へた　4．ほほ

Ⅳ．1．はつ
　　2．はは　はは　はは　あさはかな
　　3．ほほ

7.まみむめも

Ⅰ．1．まめみ　まもむ　みめま　みもま　みめまもむ
　　2．まめみ　みめま　まめみも　めもまも　まみむめも

Ⅱ．1．また　2．店（みせ）　3．寒い（さむい）
　　4．娘（むすめ）　5．守る（まもる）　6．マスク
　　7．道（みち）　8．飲む（のむ）　9．目出度い（めでたい）
　　10．桃（もも）

Ⅲ．1．なまえ　2．むかし　3．つめたい　4．もみじ

Ⅳ．1．みまも　めみ　まま
　　2．もも　もも　もも
　　3．みみ　ももこ

8.やゐゆゑよ

Ⅰ．1．やえい　やよゆ　ゆえよ　ゆよや　いえやよゆ
　　2．やえい　ゆえい　やえいゆ　えよやよ　やいゆえよ

Ⅱ．1．安い（やすい）　2．山（やま）　3．雪（ゆき）
　　4．夢（ゆめ）　5．夜（よる）　6．弱い（よわい）
　　7．冬（ふゆ）　8．強い（つよい）　9．石油（せきゆ）
　　10．休む（やすむ）

Ⅲ．1．やおや　2．かゆ　3．ゆえ　4．よむ

Ⅳ．1．あや　あや
　　2．あいさつ　あたたかい
　　3．やおや　やよい　やどや　やすえ

9.らりるれろ

Ⅰ．1．られり　らろる　りれら　りるら　りれらろる
　　2．られり　りれら　られりる　れるらる　らりるれろ

Ⅱ．1．空（そら）　2．車（くるま）　3．クリスマス
　　4．来歴（らいれき）　5．ロマン　6．ラーメン
　　7．利益（りえき）　8．猿（さる）　9．連絡（れんらく）
　　10．録音（ろくおん）

Ⅲ．1．さくら　2．りれき　3．るす　4．くろい

Ⅳ．1．ルール　れい
　　2．からだ　ごろごろ
　　3．いらいら　いらいらしている

10.わいうえを

Ⅰ．1．わえい　わをう　いえわ　いうわ　いえわをう
　　2．わえい　いえわ　わえいう　えうわう　わいうえを

Ⅱ．1．笑う（わらう）　2．私（わたし）　3．ワイシャツ
　　4．和歌（わか）　5．和食（わしょく）　6．若者（わかもの）
　　7．ワクチン　8．賄賂（わいろ）　9．技（わざ）
　　10．わざわざ

Ⅲ．1．こわい　2．あう　3．こえ　4．かわ

Ⅳ．1．わかり　わかり
　　2．にわ　にわとり　にわ
　　3．うらにわ　にわとり　にわ

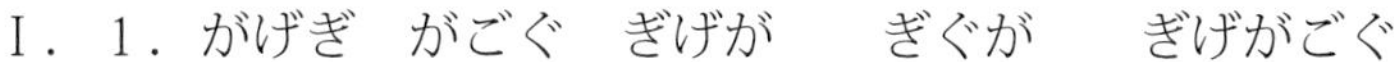

11.がぎぐげご

Ⅰ. 1. がげぎ　がごぐ　ぎげが　ぎぐが　ぎげがごぐ
2. がげぎ　ぎげが　がげぎぐ　げぐがぐ　がぎぐげご

Ⅱ. 1. 学位（がくい）　2. 義理（ぎり）　3. 具体（ぐたい）
4. ひげ　5. 午後（ごご）　6. 科学（かがく）
7. 議案（ぎあん）　8. ぐうぐう　9. 芸者（げいしゃ）
10. ゴミ

Ⅲ. 1. かいぎ　2. がいこく　3. ぐあい　4. げか

Ⅳ. 1. おおたまご　こたまご
2. むぎ　ごめ　たまご
3. がく　かがみ

12.ざじずぜぞ

Ⅰ. 1. ざぜじ　ざぞず　じぜざ　じずざ　じぜざぞず
2. ざぜじ　じぜざ　ざぜじず　ぜずざず　ざじずぜぞ

Ⅱ. 1. 座席（ざせき）　2. 自殺（じさつ）　3. 静か（しずか）
4. ぜひ　5. 家族（かぞく）　6. アジア
7. 風邪（かぜ）　8. 雀（すずめ）　9. さまざま
10. それぞれ

Ⅲ. 1. あざ　2. じかく　3. かず　4. あぜ

Ⅳ. 1. なぞ　なぞ
2. れいぞうこ　ひつじにく
3. おじょうさん　ずいぶん　じょうず

Ⅰ．1．だでぢ　だどづ　ぢでだ　ぢづだ　ぢでだどづ
　　2．だでぢ　ぢでだ　だでぢづ　でづだづ　だぢづでど

Ⅱ．1．出す（だす）　2．縮む（ちぢむ）　3．電気（でんき）
　　4．独学（どくがく）　5．続ける（つづける）　6．果物（くだもの）
　　7．鼻血（はなぢ）　8．だめ　9．童話（どうわ）
　　10．どちら

Ⅲ．1．だいがく　2．つづく　3．いど　4．でばな

Ⅳ．1．だんご
　　2．でる
　　3．どうろ　でんしゃ

Ⅰ．1．ばべび　ばぼぶ　びべば　びぶば　びべばぼぶ
　　2．ばべび　びべば　ばべびぶ　べぶばぶ　ばびぶべぼ

Ⅱ．1．たばこ　2．別（べつ）　3．人々（ひとびと）
　　4．豚（ぶた）　5．募集（ぼしゅう）　6．バナナ
　　7．物理（ぶつり）　8．テレビ　9．ボタン
　　10．勉強（べんきょう）

Ⅲ．1．バス　2．ビーフ　3．ぶし　4．ぼし

Ⅳ．1．びよういん　びょうしつ
　　2．そば　そばや　そば
　　3．ぼうず　びょうぶ

15.ぱぴぷぺぽ

Ⅰ．1．ぱぺぴ　ぱぽぷ　ぴぺぱ　ぴぷぱ　ぴぺぱぽぷ
2．ぱぺぴ　ぴぺぱ　ぱぺぴぷ　ぺぷぱぷ　ぱぴぷぺぽ

Ⅱ．1．パリ　2．ピアノ　3．プロレタリア
4．ポスト　5．ペンギン　6．散歩（さんぽ）
7．切符（きっぷ）　8．新品（しんぴん）　9．立派（りっぱ）
10．ぺらぺら

Ⅲ．1．パス　2．ポジ　3．ペア　4．プロ

Ⅳ．1．ひゃっぱつ
2．カッパ
3．パジャマ　パジャマ　パジャマ　パジャマ

撥音　促音　長音

16.撥音

Ⅰ．1．ぱんぱ　ぴんぴ　ばんば　びんび　まんま　みんみ
2．たんた　てんて　だんだ　でんで　らんら　りんり　なんな　ぬんぬ
3．かんか　きんき　がんが　ぎんぎ
4．あん　いん　あんあ　おんお　さんさ　しんし

Ⅱ．1．安否（あんぴ）　2．時間（じかん）　3．予算（よさん）
4．試験（しけん）　5．とんぼ　6．参加（さんか）
7．賃貸（ちんたい）　8．新年（しんねん）　9．天皇（てんのう）
10．りんご　11．音楽（おんがく）　12．戦争（せんそう）
13．運河（うんが）　14．ふんだん　15．禁煙（きんえん）
16．存在（そんざい）　17．本当（ほんとう）　18．反対（はんたい）
19．ちゃんと　20．返事（へんじ）

Ⅲ．1．こんにちは
2．こんばんは
3．おげんきですか
4．がんばってください

Ⅳ. 1．しんせつ　しんさつしつ
2．しゅんぶん　しゅうぶん　しんぶん
3．とんだ　どうどうとんで

17.促音

Ⅰ. 1．ぱっぱ　ぴっぴ　ぷっぷ　ぺっぺ　ぽっぽ
2．たった　つっつ　てって　とっと　ちっち
3．かっか　きっき　くっく　けっけ　こっこ
4．さっさ　すっす　せっせ　そっそ　しっし

Ⅱ. 1．一杯（いっぱい）　2．日本（にっぽん）　3．物体（ぶったい）
4．切手（きって）　5．夫（おっと）　6．楽器（がっき）
7．喫茶店（きっさてん）　8．欠席（けっせき）　9．活発（かっぱつ）
10．ちっとも　11．雑誌（ざっし）　12．真っ黒（まっくろ）
13．末っ子（すえっこ）　14．すっかり　15．真っ赤（まっか）
16．三つ（みっつ）　17．雑費（ざっぴ）　18．ほっぺた
19．コップ　20．マッチ

Ⅲ. 1．かっこ　2．せっかい　3．じっけん
4．おっと　5．そっち　6．もっと
7．さっか　8．かっき　9．けっこう
10．タッチ

Ⅳ. 1．ごじっぽ　ひゃっぽ
2．ひっし　がんばった　けっきょく　しっぱい
3．わかった　わかったら　わからなかったら　いわなかったら

18.長音

Ⅰ. 1．ああ　2．いい　3．うう　4．えい　5．おう

Ⅱ. 1．学生（がくせい）　2．昨日（きのう）　3．先生（せんせい）
4．ノート　5．大きい（おおきい）　6．デパート
7．英語（えいご）　8．兄さん（にいさん）　9．スケート

10. 小さい（ちいさい） 11. 友人（ゆうじん） 12. 成功（せいこう）
13. 様子（ようす） 14. テーブル 15. 放送（ほうそう）
16. 相談（そうだん） 17. 数字（すうじ） 18. スカート
19. 多く（おおく） 20. 正解（せいかい）

Ⅲ. 1．おおい 2．おいしい 3．ゆうき
4．きぼう 5．ビール 6．こうえい
7．とけい 8．くうき 9．ようじ
10. おじいさん

Ⅳ. 1．おおむかし おじいさん おばあさん おじいさん おばあさん おばあさん おおきな

拗音 外來語特殊音節

Ⅰ. 1．ウィ ウェ ウォ 2．クァ クィ クォ
3．シェ ジェ チェ 4．ツァ ツェ ティ
5．ディ デュ ファ 6．フィ フェ フォ

Ⅱ. 1．お客（おきゃく） 2．距離（きょり） 3．写真（しゃしん）
4．食事（しょくじ） 5．住所（じゅうしょ） 6．ツアー
7．注意（ちゅうい） 8．百（ひゃく） 9．男女（だんじょ）
10. ちゃんと 11. 病気（びょうき） 12. ファッション
13. 表現（ひょうげん） 14. 貯金（ちょきん） 15. ウィスキー
16. 記入（きにゅう） 17. 省略（しょうりゃく） 18. ニュース
19. 旅行（りょこう） 20. 金魚（きんぎょ）

Ⅲ. 1．きょう 2．りょうし 3．ゆうしょう
4．じゅう 5．しゃいん 6．しょうじ
7．ひょうしょう 8．いりよう 9．おもちゃ
10. きょうよう

Ⅳ. 1．まいしゅう しゅうまつ しゅうかん
2．どきょう あいきょう おきょう
3．きゃくせん じょうきゃく ちんきゃく

1. スミスさんのアパート

基礎練習

Ⅰ．1．B　　2．B　　3．A

Ⅱ．1．○　　2．○　　3．×

Ⅲ．1．本屋と郵便局があります。
　　2．英語学校で日本人に英語を教えます。
　　3．友だちとレストランで晩ごはんを食べてから、映画を見ました。

Ⅳ．にぎやか　ほんや　ゆうびんきょく　コンビニ
　　スーパー　レストラン　えいがかん　がくせい
　　にほんじん　おしえ　いそがしい　ちかい
　　べんり　べんとう　ともだち　ばんごはん
　　えいが　あるいて　へや　せまい
　　すき

應用練習

テスト１

一、CBACA

二、CBCB

三、A

2. わたしの家族

基礎練習

Ⅰ．1．A　　2．B　　3．B

Ⅱ．1．×　　2．×　　3．○

Ⅲ．1．インドネシアのジャカルタです。
　　2．スポーツと料理が好きです。
　　3．日本のアニメや漫画が大好きです。

Ⅳ．なまえ　インドネシア　けいざい　べんきょう
　　ジャカルタ　せきゆがいしゃ　はたらいて　うって

しゅふ　スポーツ　りょうり　けっこん
きれい　ちゅうがくせい　アニメ　まんが
たんじょうび　ビデオ　おくって　ボウリング
じょうず　さびしい　あい

應用練習

テスト2

一、ABBBA

二、CBBD

三、C

3. わたしの趣味

基礎練習

Ⅰ．1．B　2．B　3．A

Ⅱ．1．○　2．×　3．○

Ⅲ．1．絵をかくためです。

2．2時間ぐらい絵をかいています。

3．外国の美術館へ行って、有名な絵をたくさん見ることです。そしてもっといい絵をかきたいです。

Ⅳ．かく　あるく　ひと　はな
いちばん　やすみ　ひとり　みどり
あかいろ　しろい　ちがい　ノート
しずか　ほめて　ほんとう　かいしゃいん
たのしい　びじゅつかん　ゆめ　ゆうめい

應用練習

テスト3

一、ACBCB

二、BDCB

三、B

4. 回転寿司

基礎練習

Ⅰ．1．B　　2．B　　3．A

Ⅱ．1．○　　2．○　　3．×

Ⅲ．1．まぐろ、たい、いか、えび、なっとうまき、かっぱまき……いろいろあります。

2．白いさらは100円、青いさらは150円、みどりのさらは200円、赤いさらは300円です。

3．安くておいしいです。

Ⅳ．

しって	みせ	ぐるぐる	だいすき
たくさん	にぎやか	めのまえ	おさら
いろいろ	あまり	おちゃ	かぞえ
たとえば	けいさん	たべもの	おいしい
ぜひ			

應用練習

テスト4

一、BABCC

二、CBCC

三、C

5. デパート

基礎練習

Ⅰ．1．A　　2．A　　3．B

Ⅱ．1．×　　2．○　　3．○

Ⅲ．1．デパートではたいてい地下に食料品売り場があって、そこにお客が大勢集まる。すると、そのお客がデパートの上の階にも登っていて、ほかの買い物をする。

2．上の階を改装したり、魅力的な商品をそろえたりする。

3．ウインドーショッピングです。

Ⅳ．うりあげ　ずつ　おかげ　たいてい
おおぜい　すると　のぼって　かいもの
ぜんたい　ぎょうかい　ふんすいこうか　かいそう
みりょくてき　できるだけ　ようふく　ウインドーショッピング
むずかしい　はず

應用練習

テスト5

一、CABBC

二、DACD

三、B

6．すきやきの作り方

基礎練習

Ⅰ．1．A　2．A　3．B

Ⅱ．1．○　2．×　3．×

Ⅲ．1．牛肉や野菜やとうふです。

2．砂糖と酒としょうゆです。

3．熱いですから、卵をつけて食べます。

Ⅳ．りょうり　おしえて　つかい　まず
きって　つぎに　あぶら　あつく
さとう　さけ　しょうゆ　それから
スープ　できあがり　いろいろ　あつい
たまご　たのしい

應用練習

テスト6

一、ACBAB

二、DBAC

三、B

7．最近の子供たち

基礎練習

Ⅰ．1．B　　2．A　　3．A

Ⅱ．1．×　　2．×　　3．○

Ⅲ．1．「体の調子が悪い」「すぐ疲れる」と言う子どもが多くなりました。

2．「遊んではいけない」と「遊ぶことは大切だと思わない」です。

3．「テレビを見る時間が多い」「勉強が忙しい」「遊ぶ所がない」「いっしょに遊ぶ友達がいない」「両親が遊んではいけないと言うから」「遊び方を知らない」「車が多いから、外は危ない」「両親が遊ぶことは大切だと思わないから」です。

Ⅳ．からだ　つかれる　あそぶ　げんき
あまり　どうして　しりょう　まず
テレビ　つぎに　いそがしい　ところ
ともだち　それから　しらない　くるま
あぶない　たいせつ

應用練習

テスト7

一、BCBCA

二、DBCD

三、B

8．ペット

基礎練習

Ⅰ．1．B　　2．A　　3．A

Ⅱ．1．×　　2．○　　3．○

Ⅲ．1．一緒にお風呂に入ることもあるし、部屋で遊ぶこともある。

2．20代の女性を対象に、「結婚したら、今いるペットはどうするのか」という調査です。

3．ほとんどは一緒に連れて行くと答えたそうだ。そして、連れて行けないなら結婚しないかもしれないという人も少なくなかったそうだ。

Ⅳ．

ひとりぐらし	かう	ばあい	こどく
さびしく	かけがえ	おふろ	つまり
パートナー	ところで	たいしょう	ほとんど
たとえば	マンション	まよって	らしい

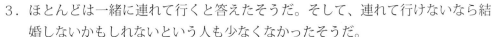

應用練習

テスト８

一、AACBB

二、ABDA

三、B

9．なりたい職業

基礎練習

Ⅰ．1．A　　2．A　　3．B

Ⅱ．1．○　　2．×　　3．×

Ⅲ．1．小学校の一年生とその親、4千組を対象に、子供のほうには、「将来、なりたい職業は何ですか」と聞き、親のほうには、「将来、子供についてほしい職業は何ですか」と聞いた。

2．なりたい職業と親が子供に期待する職業には大きな差があることがわかった。男の子の場合、「なりたい職業」は「スポーツ選手」がトップで、2位は「運転手」だった。一方、「ついてほしい職業」のトップは「公務員」で、「スポーツ選手」は２位に入っているが、その割合は、15％だった。

3．親は、やはり公務員のような安定した職業についてほしいと願うのだろうが、小学校一年生にはまだそんな考え方はできないのだろう。

Ⅳ．

きぎょう	たいしょう	アンケート	しょくぎょう
ほしい	けっか	きたい	さ
スポーツ	トップ	うんてんしゅ	いっぽう
こうむいん	わりあい	やはり	あんてい
ねがう	かんがえかた		

應用練習

テスト9

一、CBBCB

二、BCDB

三、D

10. 第二の人生

基礎練習

Ⅰ．1．B　　2．A　　3．B

Ⅱ．1．×　　2．○　　3．○

Ⅲ．1．50代や60代になってから、大学や大学院で勉強する人たちが増えているそうだ。

2．若いときから趣味で英文学を読んでいたが、もっと深く勉強したいと思い、入学を決めたそうだ。

3．中村さんのように、自分のやりたいことをするのが一番だろう。

Ⅳ．

さいきん	だいがくいん	そうだ	ていねん
せんもんてき	ながねん	やめて	しゅみ
もっと	にゅうがく	かこまれる	ような
あきらめる	おくる	ゆたか	いちばん

應用練習

テスト10

一、BBAAC

二、CDDC

三、C

11. ローラ付きスニーカー

基礎練習

Ⅰ．1．B　　2．A　　3．B

Ⅱ．1．×　　2．○　　3．×

Ⅲ．1．その形と便利さと新しさで人気が出る。

2．人が多い場所で使用するのは危険だという意見が多い。

3．親は子供にマナーを守って利用することを教えなければいけない。

Ⅳ．スーパー　きゅうに　おどろいた　とつぜん

ぶつかり　かかと　つまさき　かたち

にんき　いじょう　について　きけん

ほうりつ　マナー　りよう

應用練習

テスト11

一、BCCBB

二、BCBC

三、A

12. トイレ

基礎練習

Ⅰ．1．B　　2．B　　3．A

Ⅱ．1．○　　2．×　　3．○

Ⅲ．1．最近、トイレの個室の中にお茶のペットボトルやおにぎりの袋を見つけることがあるそうだ。

2．お茶のベットボルトやおにぎりの袋です。

3．「だって、会社の中でひとりになれるのはここしかないでしょう。それに、中はきれいだし、ここで食べているととってもほっとするんです」ということです。

Ⅳ．オフィス　じょうしき　そうじ　こしつ

ペットボトル　ふくろ　あとに　どうやら

じっさい　インタビュー　それに　ほっと

ストレス

■■■ 應用練習 ■■■

テスト12

一、BCAAB

二、CDBD

三、D

13. テレビレポーターの話

■■■ 基礎練習 ■■■

Ⅰ．1．B	2．B	3．A
Ⅱ．1．×	2．×	3．○

Ⅲ．1．大人のために書かれたもので、内容は経済について、勉強のためのマンガです。

2．子供のマンガ、大人のマンガ、そして楽しむマンガ、勉強のためのマンガです。

3．マンガで書いてあると、専門的な難しい内容がよくわかります。

Ⅳ．なかなか	マンガ	おとな	ほら
けいざい	べんきょう	とくちょう	タイプ
たのしむ	もちろん	だめ	せんもんてき
てん	こういう	けっこう	

■■■ 應用練習 ■■■

テスト13

一、AABAB

二、BDDB

三、A

14. 社員旅行について

■■■ 基礎練習 ■■■

Ⅰ．1．B	2．A	3．B

Ⅱ．1．○　　2．×　　3．○

Ⅲ．1．社員の希望を聞いて、一番希望が多かったところに決めます。

2．温泉の名前と場所を書いた紙を配ります。

3．10の場所の中から行きたい温泉を一つ選んでマルをつけて、出します。旅行に参加できない人も紙を出します。

Ⅳ．しゃいん　　にってい　　いっぱくふつか　　おんせん
きまって　　きぼう　　なまえ　　くばり
ぜんぶ　　えらんで　　しょうかいぶん　　さんこう
つごう　　しりたい

應用練習

テスト14

一、ACACB

二、CABA

三、B

15. 新入社員への話

基礎練習

Ⅰ．1．A　　2．A　　3．A

Ⅱ．1．×　　2．○　　3．×

Ⅲ．1．明日から金曜日までの三日間です。

2．来週の月曜日から三日間です。

3．自分の課に戻って、仕事を始めます。

Ⅳ．しんにゅう　　けんしゅう　　プログラム　　にんずう
グループ　　どちら　　まちがえ　　ひつよう
わたす　　のこって　　もどって

應用練習

テスト15

一、CAAAC

二、BDAC

三、B

16. 送別会の相談

基礎練習

Ⅰ．1．A　2．B　3．B

Ⅱ．1．×　2．○　3．○

Ⅲ．1．山本係長は今月で会社をやめることになりました。

2．送別会を開くこととプレゼントをあげることです。

3．明日小川さんが来たら、もう一度集まって、送別会の日と場所もその時、決めます。今日来ていない小川さんの意見も聞かないと決められません。

Ⅳ．あつまって　かかりちょう　やめる　それで
イタリア　レストラン　そうべつかい　それから
せわ　プレゼント　ずつ　これで
いけん　ひにち　はやく

應用練習

テスト16

一、ABBCC

二、CADA

三、C

17. むだをなくそう

基礎練習

Ⅰ．1．B　2．A　3．B

Ⅱ．1．×　2．○　3．×

Ⅲ．1．座らないで、立ってします。

2．スーツの上着は着ないで、シャツだけで会社へ来てもいいです。

3．時間、残業、お金、紙と電気です。

Ⅳ．しゃちょう　きそく　もくひょう　はたらきかた
たいせつ　ほとんとハ　ひらか　ミーティング

ミーティング	ざんぎょう	ざんぎょう	しごと
しゅっちょう	ホテル	しんかんせん	ひこうき
しんかんせん	かみ	コピー	ファクス
イーメール	でんき	じどうはんばいき	エアコン
スーツ	シャツ	がんばって	

應用練習

テスト17

一、BBCBB

二、CACC

三、D

18. 別れの挨拶

基礎練習

Ⅰ．１．B　　２．B　　３．A

Ⅱ．１．○　　２．×　　３．○

Ⅲ．１．『おなかがすいたら、いい仕事ができない』という意味です。

２．お見舞いに来てくださいました。

３．いっしょに歌ってくださいました。

Ⅳ．

ぶちょう	おわって	はじまる	おしえて
ざんぎょう	はら	いくさ	ぎゅうどん
おなか	いみ	びょうき	おみまい
うたえ	こまって	ほんとう	

應用練習

テスト18

一、ACAAA

二、DCBC

三、C

19. アトラス

基礎練習

Ⅰ．1．A　　2．B　　3．A

Ⅱ．1．×　　2．×　　3．○

Ⅲ．1．特に小さい子どもやお年寄りがいる家で、とても人気があります。

2．いっしょに遊べるし、簡単な仕事も手伝えます。また、頭がよくて、教えれば、ことばを覚えますから、お話をしたり、歌を歌ったりします。

3．アトラスで世界はひとつ……これがわたしたち、トニーの夢です。

Ⅳ．ゆうめい　ロボット　エンジニア　せっけい
ぐらい　ところ　とくに　おとしより
にんき　あそべる　ふとい　スポーツ
かわいい　あたま　おぼえ　いくら
ぜんぜん　おなじ　いちばん　ファンクラブ
ゆめ

應用練習

テスト19

一、CCABC

二、CBDB

三、C

20. マザーテレサ

基礎練習

Ⅰ．1．B　　2．B　　3．B

Ⅱ．1．×　　2．○　　3．×

Ⅲ．1．インドへ行って、病気の人やお貧乏人の役に立ちたいと思いました。

2．1931年から1948年までインドの学校で教えました。1948年に教師をやめてから、病気の人や両親がいない子どものうちを作りました。

3．マザーテレサは3回日本へ来たことがあります。71歳と72歳と74歳のときで

す。

Ⅳ. ヨーロッパ　スコピエ　りょうしん　きょうかい
インド　びょうき　やくにたち　そして
おしえ　きょうし　つくり　ノーベルしょう
さんかい　ながさき　おいのり　なくなり

應用練習

テスト20

一、CBBBB

二、DBCA

三、D

21. 言葉の説明

基礎練習

Ⅰ. 1. B　2. A　3. B

Ⅱ. 1. ○　2. ×　3. ○

Ⅲ. 1. 「つまらないことに対して、気を使いすぎてしまう」という意味です。

2. 「普通の人はしないような細かいことにまで気を使って、おいしいものを作る」という意味です。

3. 「味にこだわる」のも「形や色にこだわる」のもです。

Ⅳ. こだわる　ひく　つまらない　つまり
ところが　はんたい　たとえば　こまかい
おいしい　ほんば　カレー　こせい
ちがう　べつに　たいせつ

應用練習

テスト21

一、ACBBC

二、DACB

三、B

22. 人の生活パターン

基礎練習

Ⅰ．1．A　　2．A　　3．B

Ⅱ．1．×　　2．○　　3．×

Ⅲ．1．夜は早めに寝て、朝早くすっきり目が覚めます。午前中から頭が良く働くタイプです。

2．朝型のほうが健康的で仕事が良くできるという考え方が強いです。

3．起きたら太陽の光を浴びることが大切なんです。これによって一日の体のリズムがうまく調整できて、夜には普通の時間に眠くなるのです。これを繰り返すことで、だんだん朝型に近づいていきます。

Ⅳ．あさがた　よるがた　つよい　はやめに

すっきり　タイプ　はんたい　ビジネス

けんこうてき　しかし　かわる　つめたい

ぼうっと　じつは　ひかり　リズム

くりかえす

應用練習

テスト22

一、BABCB

二、CDDB

三、C

23. 自動翻訳機

基礎練習

Ⅰ．1．A　　2．A　　3．B

Ⅱ．1．○　　2．×　　3．○

Ⅲ．1．相手の話していることを機械が自動的に自分の国の言葉に変えてくれる。

2．犬は鳴いたり、吠えたりする。

3．たくさんの犬の声を集めて、その意味を調べて、犬の声を翻訳する機械を作った。

Ⅳ．コミュニケーション　もんだい　じどうほんやくき　あいて
じどうてき　べんり　しんぽ　ポケット
もちあるく　どうぶつ　たとえば　ない
ほえ　きもち　あつめて　しらべて
はんたい　かえて

應用練習

テスト23

一、ABACC

二、BACA

三、B

24. 人生の節目

基礎練習

Ⅰ．1．A　2．B　3．A

Ⅱ．1．○　2．○　3．×

Ⅲ．1．生まれてから死ぬまでに、生活スタイルや生き方が大きく変わる時、それが節目です。

2．普通は、20歳、30歳、40歳、50歳のような、ちょうど切のいい数字を考えるのではないでしょうか。

3．大切なのは、こういった節目の時期に自分の生き方をよく考えてみることだと思います。

Ⅳ．ふしめ　スタイル　かわる　けっこん
おとな　じんせい　ところで　ねんれい
きりのいい　ところが　べつに　なぜ
かというと　へいきん　たしかに　たとえ
ちょうど　たいせつ　こういった

テスト24
一、CAABB
二、BCDB
三、A

筆記欄

國家圖書館出版品預行編目資料

日語聽力教室～入門篇／李燕、胡小春、肖輝主編.--初版--.--臺北市：書泉,2011.06

面； 公分

ISBN 978-986-121-677-5（平裝）

1.日語 2.讀本

803.18 100005741

3A93

日語聽力教室～入門篇

發 行 人— 楊榮川

總 編 輯— 龐君豪

主 編— 李燕、胡小春、肖輝

副 主 編— 孟佳

文字編輯— 朱曉蘋

封面設計— 吳佳臻

原出版者— 大連理工大學出版社

出 版 者— 書泉出版社

地 址：106台北市大安區和平東路二段339號4樓

電 話：(02)2705-5066 傳 真：(02)2706-6100

網 址：http://www.wunan.com.tw

電子郵件：shuchuan@shuchuan.com.tw

劃撥帳號：01303853

戶 名：書泉出版社

總經銷：朝日文化

進退貨地址：新北市中和區橋安街15巷1號7樓

TEL：(02)2249-7714 FAX：(02)2249-8715

法律顧問 元貞聯合法律事務所 張澤平律師

出版日期 2011年6月初版一刷

定 價 新臺幣260元